시―팔이들

시ー팔이들

초판 1쇄 인쇄_2020년 2월 15일 | 초판 1쇄 발행_2019년 2월 20일
지은이_강보민 김규리 김민지 남지윤 남호준 박나원 박지호 손수진
　　　원예림 이미소 이소현 이예솔 이한나 정채영 차유정 최유리
엮은이_강미자
펴낸이_진성옥 외 1인 | 펴낸곳_꿈과희망
디자인 · 편집_꿈과희망 편집부
주소_서울시 용산구 한강대로76길 11-12 5층 501호
전화_02)2681-2832 | 팩스_02)943-0935 | 출판등록_제 2016-000036호
e-mail_jinsungok@empal.com
ISBN_979-11-6186-068-8 43810
※ 책 값은 뒤표지에 있습니다.
※ 새론북스는 도서출판 꿈과희망의 계열사입니다.
ⓒprinted in Korea. | ※ 잘못된 책은 바꾸어 드립니다.

2020 대구광역시교육청 책쓰기 프로젝트
책쓰기로 나를 만나고 세상의 문을 열다

시-팔이들

강보민 김규리 김민지 남지윤
남호준 박나원 박지호 손수진
원예림 이미소 이소현 이예솔
이한나 정채영 차유정 최유리

강미자 엮음

꿈과희망

동문고등학교에서 자서전 책쓰기를 시작한 지 올해로 3년째가 되었다. '3'이라는 숫자가 의미심장하다. 삼세판의 가위바위보도 '3'이고, 꼭 챙겨야 하는 삼시 세끼도 '3'이다. 영화 『알라딘』에서 램프의 요정 '지니'도 '세' 가지 소원을 들어준댔다. 영화 『엑시트』에서 단단하게 버티고 있던 대형 유리도 '세' 번째 충격에서야 무너져 내렸고, 헤어지기 전에 후배 '의주'가 "무거워요."를 '세' 번 반복하고 나서야 주인공 '용남'은 '의주'의 마음을 알아차렸다.

　그래서인지 올해 아이들과 책쓰기를 시작하면서 고민이 깊어졌다. 무언가 새롭게 시도해야 할 것 같기도 하고 완성도를 높여야 할 것 같기도 하고 욕심일지 부담감일지 헷갈리는 감정 속에서 이미 다 해 본 책쓰기 수업을 하면서도 멀미하듯 속이 울렁거렸다.

　'과거 쓰기'가 끝나갈 무렵, 수업에 대해서 함께 이야기하던 중에 한 가지 아이디어가 떠올랐다. 시 수업의 장면을 심화한 형태로, 학생들에게 시집을 읽게 한 뒤에 마음에 파고드는 작품의 원문을 옮기고 자신의 경험과 연결한 감상평을 작성하게 해서 자서전에 추가하는 것이다. 이렇게 해서 올해는 기존의 '과거 쓰기', '미래 쓰기'에서 한 발짝 더 나아가기로 했다. 그래, 가던 길 말고 새로운 길을 만들어서 가 보자.

　물론 자서전 쓰기를 처음 경험해 본 아이들은 스쳐 지나온 기억들을 소환하고 글을 쓰는 것만으로도 의미 있어 했다. 특히 친구들의 좌충우돌 유년 시절에 대해서는 더 환호했다. 역시 지나간 일들은 좋은 기억으로 남는 법이다. 물론 상처로 남은 기억들에 대해서는 함께 가슴 아파하고 용기 내어 글을 써 준 친구를 응원하기도 했다. '미래 쓰기'는 역시나 막연해하는 눈치였다. 글쓰는 과정에서 미래에 대한 준비에 한 발짝 다가가는 아이들이 있는가 하면 쓰고 보니 허무맹랑하다며 자신의 꿈을 다시 점검하는 아이들도 있었다.

　그사이 아이들이 읽을 만한 시집들을 준비하면서 '시 경험쓰기' 수업을 기다렸다가 중간고사가 끝나자마자 아이들에게 시집을 한아름 안겼다. 지치고 힘든 마음을 위로하자면서. 북카트를 밀며 우아하게 교실로 입장하는 우리를 아이들은 환영했고 3주에 걸쳐 아이들은 시집에 푹 빠져 있었다. 마음에 드는 시집에서 시 한 편씩을 골라 시화를 만들고 자신의 경험과 연결지어 감상평을 쓰게 했더니 오랜만에 잡아 보는 색연필의 따뜻한 질감, 눈으로 읽기만 했던 시를 직접 베껴 쓰는 손끝의 느낌, 현재 자신과 연결되는 시의 장면들 속에서 스스로 마음을 추스르고 다독이는 아이들이 보였다.

'과거'와 '미래' 그리고 '시 경험', 이렇게 세 가지를 모아 아이들마다 자
서전을 완성했다. 그리고 각자 쓴 자서전을 모아 반별로 2권씩, 총 22권
의 '동문고등학교 자서전 책'을 만들어 냈다. 그리고 아이들 작품 중에서
더 눈길이 가는 열여섯 작품들을 모아서 따로 엮기로 했다.

열여섯 명이 함께 모여 책 제목부터 표지, 원고 수정 방향 등을 의논
하는데 제일 난관이었던 것은 제목을 정하는 일이었다. 일단 올해 책쓰
기 수업에서 새롭게 시도했던 것, 삶에서 시를 끌어내고 그것을 글쓰기
로 연결했던 점을 제목으로 살리자는 데에는 모두 동의하고 처음에는
'열여덟에게 시를 건네다'를 제목으로 정했다. 하지만 '시_팔이들'로 제목
을 고치게 되었다. '열여덟'이 좋다기보다는 '십팔'을 피하고 싶었던 마음
이 더 컸던 나와 달리 아이들은 같은 맥락에서 '십팔'을 오히려 선호했던
것이다. 역시 아이들은 용감하다.

시어가 주는 말맛에 빠진 아이들, 시에서 자신을 발견하고 상처를 어
루만졌던 아이들이 움츠렸던 몸을 일으켜 기지개를 켜면서 말을 건넨다.
"우리 함께 걸어요."
우리 열여섯의 '시_팔이들'과 함께 걷다가 창 너머로 붉게 물든 노을에
잠시 시선을 맡겨 보기를, 혹은 비릿했던 어머니의 소맷자락을 오랜만에
떠올려 보기를 바란다.

한 학기 동안 자신을 쏟아부어 글을 써 준 동문고등학교 2학년 학생들에게 고마움을 전한다. 그리고 책이 완성되기까지 학생들을 믿고 지켜봐 주시고 응원해 주신 박정곤 교장 선생님, 정광재 교감 선생님께 이 자리를 빌려 감사의 마음을 전한다.

마지막으로 수업에서 길을 잃고 헤맬 때마다 등대가 되어 주시는 이금희 수석 선생님, 든든한 벗이 되어 준 권연희 선생님께 고마움을 전하고 싶다.

강미자 엮어 올림

18살의 서툰 나에게

사계(四季)

Cherish every moment

Be Brave!

소소하지만 행복한 기억

회고록

사랑하는 이들에게 보내는 편지

행복한 나날을 위한 한걸음

Fall in love with myself first

처음

THE FEELING RESTAURANT

늘예솔

아름드리

별들은 살아 있다

La Vita E Bella

18살의 이야기

18살의 서툰 나에게

WRITING / PHOTO 강보민

강 보 민

되고 싶은 것도, 하고 싶은 것도,

내 길도 잘 모르겠는 내가,

그냥 나아가다 보니

어느덧 인생의 어떤 중요한 시점에 도착했다.

아직 나는 나의 길을 잘 모르겠다.

앞으로도 계속 모를 수도 있다.

하지만 나는 계속 나아갈 것이며 나아가다 보면 항상 그랬듯이

잘 헤쳐나갈 것이고 그렇게 이어지다 보면 그게 내 길이 될 것이다.

나는 지금 길을 만들어 나가고 있다.

다시 돌아온 대전에서 사귄 친구

엄마, 아빠는 두 분 다 군인이시다.

나는 초등학교 1학년이 끝날 때까지 대전에 살다가 양주로 전학을 갔고, 양주에 산 지 2년째인 초등학교 4학년 때 나는 양주에서 다시 대전으로 전학을 가게 되었다. 양주로 가기 전에 대전에서 살면서 쌓은 추억들이 너무 많아서 대전으로 다시 돌아가게 되었다는 이야기를 들었을 때 너무 좋고 설레었다. 이사는 옛날에 살던 곳으로 가는 것도 아니었고 학교도 옛날 친구들과 함께 다니는 것도 아니지만 나의 제2의 고향이라 생각하는 대전이라 그 이름 자체가 그냥 마냥 좋았고 그래서 등교 첫날 나는 많이 들떠 있었다. 하지만 학교에 가니 당연히 아는 사람은 한 명도 없었고 새로 생긴 지 얼마 안 된 학교라 학생 수가 적어 다른 친구들은 이미 다 아는 사이였으며 너무 낯선 환경이어서 낯을 많이 가리는 나는 처음에 적응을 잘하지 못하였다. 종종 말 걸어 주는 친구가 있었지만, 그것도 잠시였고 전학 간 첫날은 너무 길다 느껴질 정도로 시간이 안 갔으며 학교가 너무 힘들다는 생각을 했다.

전학 온 후 나는 영어 학원을 알아보다 굳이 먼 곳보단 적응도 할 겸 가까운 곳인 아파트 아래 3층 영어 공부방을 다니기로 결정했다. 처음 갔을 때 선생님께서는 너무 잘 챙겨 주셨고 같은 아파트에 사는 친구 한 명이 학원에 다닌다고 하시며 그 친구를 소개해 주셨다. 대전에 다시 와서 처음으로 사귄 친구였고, 잠시 말을 해 봤을 때 나랑 너무 잘 맞았으며 정말 착하고 좋은 친구였다. 그 친구는 정말 우연하게도 같은 반이어서 나를 보자 안다는 눈치였고, 23층인 우리 집 바로 위층인 24층에 살았다. 그 친구로 인해 나는 새 학교에 빠르게 적응할 수 있었고, 이느덧 그 친구와 나는 '우리'가 되었고 우리는 항상 함께했다. 하루도 빠짐없이 서로의 집에 놀러가고, 아침에 깨서부터 밤늦게까지 우리는 같이 보내는 시간이 정말 많았다. 같이 다니는 다른 친구들도 있었지만 그 안에서도 우리는 유독 친했고 서로 비밀이 없을 정도로 얘기도 많이 하고 추억도 많이 쌓았으며 우리는 한 번도 싸운 적이 없을 정도로 정말 잘 지냈다. 우리는 서로가 없는 게 허전할 틈도 없을 정도로 함께 붙어 있었고 같이 있는 것이 너무나도 당연했다.

5학년 때는 서로 다른 반이 되었지만 그래도 여전히 잘 지내고 수업시간 외에는 작년과 마찬가지로 계속 같이 다녀서 허전하다고 느끼지 않았다. 6학년이 되는 해인 14년, 반 배정을 봤을 때 그 친구와 1년 만에 다시 같은 반이 되었고, 이번 년에는 전년보다 더 많이 함께 있을 수 있을 것이란 생각에 정말 기분이 좋았고, 둘 다 너무 행복해했다. 하지만 같은 반이 된 후 몇 달도 채 지나지 않아 그 친구는 갑자기 할머니 댁 근처인 부여로 가족들이 이사를 가게 되었다고 했다. 나는 부모님 직업 때문에 내가 먼저 이사를 하게 될 것이라고 생각하고 있었고, 언젠가는 거리상으로 멀어질 것이라고 예상은 하고 있었지만 그 친구가 먼저 다른 곳으로 갈 것이라는 생각은 전혀 하지 못했다. 내가 먼저 다른 곳으로 전학을 갔지 같이 다니던 다른 친구가 전학 가는 거는 처음 겪는 일이었다. 나한테는 너무 충격이었다. 나는 항상 전학을 다녔고, 다른 곳에 전학을 갈 때마다 간 곳에서 많이 힘들어했다. 그래서 아무도 모르는 곳으로 처음으로 전학을 가는 친구가 나보다 더 힘들 것이라는 생각에 잘 지내라고 하며 방학마다 많이 놀러 간다고 연락도 매일매일 하자고 하며 친구에게 인사했다. 많이 속상했지만 다시 못 만날 사이도 아니고 1시간 정도만 차를 타고 가면 만날 수 있는 가까운 부여이기에 괜찮다는 마음도 공존했다. 이런 내가 마음에 걸리는 한 가지가 있었는데 나도 1년 정도 있으면 다른 곳으로 전학을 갈 것이라는 어느 정도의 확신 때문에 어린 마음에 친구가 대전에 놀러와서 나를 찾아도 내가 그 자리에 있지 않을 것 같고 멀어질까 봐 걱정을 많이 하였다.

친구가 전학을 간 이후에 한동안 연락을 계속했고 적어도 1년에 한 번씩은 만나자는 생각에 다른 친구들과 방학마다 부여에 놀러갔고 친구도 대전에 가끔 놀러왔다. 옛날보다 지금은 연락도 뜸하고 서로 너무 바쁘다 보니 보지도 못하지만 초등학교 4학년 때부터의 인연을 지금까지 계속 이어오고 있고 성인이 되면 우리는 다시 웃으며 만나 옛날처럼 얘기하고 놀 수 있을 것이라 나는 걱정하지 않고 있다. 지금은 그냥 어느 날 갑자기 생각이 날 때 연락을 주고받고 그 연락이 어색하지 않은 편안한 관계로 지내고 있다.

여담이지만 나는 이사 갈 줄 알았던 1년 뒤 정말 운이 좋게도 대전에 있는 기간이 늘어 이사 가지 않았다. 엄마는 대전 내 부대에서 운이 좋게 자리가 남아 대전 안에서 발령 받아 이사를 안 가도 되었고, 용인에 혼자 사시던 아빠께서는 대전으로 발령받으시면서 중학교 때 우리 가족은 몇 년 만에 주말 가족에서 벗어나 엄마와 아빠와 동생이 함께 지낼 수 있었다.

나의 첫 기숙사

고등학생이 되는 3월 1일. 입학날보다 하루 일찍 학교에 가게 되었다. 기숙사 생활을 하게 되어 먼저 기숙사에 먼저 짐을 풀어야 했기 때문이다.

당시에 엄마랑 동생은 영천에서, 아빠와 나는 대전에서 살고 있었다. 나도 엄마를 따라 영천에 가려고 했었지만, 엄마는 어차피 영천에서 또 다른 곳으로 전근 가실 예정이었기 때문에 부모님을 따라 계속 전학을 다니느니 차라리 기숙사가 있는 학교를 다니는 게 낫다고 생각했다. 마침 중3 담임 선생님께서 추천도 해 주셔서 기숙사가 있는 서대전 여자 고등학교로 입학을 하게 되었다.

첫날 기숙사에 들어갔을 때는 룸메가 먼저 와서 짐을 풀어놓고 있었다. 좋은 룸메였으면 좋겠다고 생각했고, 기숙사에 갔을 때 룸메는 낯을 많이 가리는 것 같아서 친해지기 오래 걸릴 것 같다는 생각을 제일 먼저 했다. 나도 낯을 많이 가리긴 하지만 중학교 때 제일 친했던 친구들도 같은 학교에 왔고 그 당시 옆에 다른 가까운 방에 있었고 그게 왜인지 모를 자신감이 생겨 룸메랑 친해지려고 먼저 다가갔다. 몇 마디 나눈 후에 어색함이 돌 때쯤 내가 기숙사에 들어온 시간이 8~9시쯤 되었던 터라 잘 시간(소등시간이 12시인데 그때는 무조건 불을 꺼야 했다.)이 되었다. 잘 준비를 하고 누웠는데 갑자기 삐-삐-삐- 소리가 계속 났고 깜짝 놀란 나는 이층침대에서 내려오고 1층에 있던 룸메는 불을 켰다.

우리 방 보일러에서 나는 소리였다. 2월 말이지만 날씨가 아직 추웠고, 다른 방 친구들은 방이 50도까지 올라간다고 하지만 우리 방은 보일러를 계속 틀어놨음에도 불구하고 전혀 따뜻해지지 않았다. 우리는 사감 선생님께 가서 보일러가 고장나서 계속 소리가 나고 방도 너무 춥다고 했다. 사감 선생님께서는 방을 바꿔 주려 해도 다른 남는 방은 보일러가 데워지기 전까지 몇 시간 기다려야 한다고 하셔서 결국 우리는 앞에서 잠깐 언급했던 중학교 친구 방에서 하루 동안 신세를 지게 되었다. 그 친구의 룸메는 내일 온다고 해서 우리는 마음 놓고 3명이서 따뜻하게 잘 수 있었다. 이 사건으로 나랑 룸메는 하루 만에 조금 가까워졌다. 기숙사에서 지내면서 느끼기에 룸메는 너무나 괜찮은 친구였고, 우리는 서로 서로를 배려해 줬고, 그 배려를 느낄 수 있었으며 여러 가지 사건들로 우리는 점점 더 친해져 갔다.

1년 간의 기숙사 생활

룸메랑은 사이도 좋았고, 룸메는 정말 괜찮은 친구였으며, 우리는 문제도 딱히 없었다. 하지만 룸메랑은 상관없이 나의 문제로 기숙사에 들어오고 스트레스가 되는 일이 몇 가지 있었다. 처음에는 기숙사의 하루하루가 수학여행처럼 재미있을 거 같았다. 하지만 그런 생각은 일주일도 가지 못하고 집에서는 혼자 쓰고 편하게 지내던 내 공간이 없어졌다는 생각이 들었다. 최소 십여 년 동안 방을 혼자 쓰던 나는 내가 혼자 편히 쉬고 풀어질 수 있는 나만의 공간이 나의 큰 부분을 차지해 이러한 변화가 나는 너무 힘들었다. 2명이서 방을 같이 쓰려고 하니 가만히 있어도 불편하고 신경 쓰였으며 나만의 공간이 없단 생각에 그게 너무나도 스트레스였다. 또한 샤워실도 문을 나가야 있는 공용 화장실이라 그 부분에서도 너무 불편했다. 주말마다 집에 가는 게 내가 1주일을 버틸 수 있게 충전해 주는 것 같았고, 내 침대에 누울 때마다 너무 편하고 행복했다. 이런 행복감과 함께 외로움도 있었다. 항상 옆에 누군가 있다가 주말에 집에 오면 아빠가 엄마가 있는 영천에 가고 나는 학원을 가야 하므로 집에 혼자 남아 있기 때문이었다. 주말에 집에 오면 불이 꺼져 있고, 집 정리하고, 밥을 혼자 먹을 때 너무 외로워 몇 번 울기까지 했었다.

기숙사에서 받는 스트레스가 계속되면서 기숙사를 나갈까 생각도 하며 겨우 버티고 있었고 어느덧 석 달 정도가 지나갔다. 그랬더니 앞에서 구구절절 하소연이 무색하게도 내가 모르는 사이 놀랍게도 기숙사에 적응을 다했다. 이런 걱정을 했었다는 생각이 들지 않을 정도로 기숙사가 집보다 편해져 주말마다 가야 하는 집도 너무 가기 귀찮고 나가기 싫을 정도였다. 룸메랑도 기숙사에서 보내면서 몰래 음식을 시켜 먹기도 하고, 돈을 모아 다이소에 생필품도 사러 가기도 하고, 생일파티도 사감 선생님 몰래 하고, 가끔 나오는 벌레도 호들갑 떨면서 퇴치하고, 노트북으로 영화도 보고, 룸메 언니가 고3이었는데 언니한테 학업과 학교 등에 관해 정말 도움도 많이 받았으며 서로 고민도 들어주면서 우리는 너무 재미있게 잘 지냈다. 다른 친구들은 룸메랑 불화도 있었고, 룸메가 나가서 룸메가 많이 바뀌었다는데 우리는 한 번도 싸운 적이 없었으며, 주말에 집에서 잘 때 옆에 아무도 없으니깐 허전하다는 이야기까지 하며 우리는 서로에게 큰 부분이 되었다.

정말 눈 깜짝할 사이에 1년이 지나갔고, 내가 이사 가야 할 시점이 다가왔다. 나는 앞서 말했듯 기숙사에서 고3까지 지내려 했었지만 갑작스럽게 학교에서 기숙사 인원이 너무 적어서 예산이 없다고 기숙사를 폐지한다고 하였다. 결국 나는 어쩔 수 없이 이사를 가야 했고, 룸메도 기숙사를 나와야 했다. 서로 다른 날 나갈 수도 있었지만, 우리는 같은 날 같이 나갔고 이렇게 나의 기숙사 생활은 끝이 났다. 나의 고등학교 1학년, 1년이란 시간은 정말 빨리 지났고 지나간 일이지만 그 안에 있었던 사건들은 생각해 보면 1년 안에 있던 일이라고 감히 상상할 수 없을 정도로 많고 깊은 나의 일부분이 되었다.

대구로의 전학

대전에 산 지 7년 만에 대전에서 대구로 전학을 가게 되었다. 군인 자녀들 중 한 지역에서 7년 동안 사는 사람들은 거의 없다고 하는데 나는 운 좋게 대전에 이렇게 오래 있었던 것 같다. 솔직히 기숙사에 살면서도 고2, 고3 때 혼자 살지 따라갈지 고민을 많이 했기 때문에 이사 갈 것을 예상하고 있었기에 너무나 갑작스럽지는 않았다. 이사를 가기 전 나는 친구들에게 정이 많이 든 탓에 친구들이 보고 싶긴 하겠지만 초등학교 때 이사 다닐 때 힘들었던 것처럼 이사가 너무 슬프고 힘들지는 않을 것이라고 예상했었다.

하지만 고등학교 1학년 때는 내가 처음으로 반장을 하고 반에 더 신경을 많이 썼던 탓인지 반에 정도 훨씬 많이 붙었고, 친구들 하나하나에게도 신경을 많이 썼으며 선생님과의 소통도 많이 했던 탓에 대구에 와서도 친구들이 평소 전학을 다닐 때 보다 많이 생각났다. 반 친구들과 수련회 갔던 것, 체육대회 했던 것, 다 같이 놀이공원 갔던 것, 방학 때 대야빙수 해 먹었던 것, 고기 먹으러 갔던 것, 축제 때 같이 축제 부스 준비했던 큰 것부터 사소한 1년 사이의 일들이 너무나 생생하게 떠올랐고, 동아리 언니들과 동아리 친구들이랑 군산 여행 갔던 것들과 간부수련회로 서울 갔던 것까지 모두 그리웠다.

1년 동안 정말 많은 추억들이 쌓였고, 전학 오기 전까지는 별생각이 없었던 내가 전학 오고 나서 점점 그리워지고 걱정들이 생기기 시작했다. 그러면서 얼마 전 엄마가 "아는 분 딸이 다른 지역으로 전학 가서 사투리 안 쓴다고 왕따 당한 얘기를 주위에서 들어서 걱정된다, 보민아."라고 걱정하시던 모습이 떠올랐다. 그래도 설마 그런 일이 있겠냐는 생각으로 걱정은 뒤로하고 나는 잘 적응해야겠다는 생각을 더 많이 하며 학교에 갔다. 처음 학교에 갔던 날 애들은 이미 다 친한 상태였고, 나는 끼어들 자리가 없는 것 같다는 느낌이 들었다. 그래서 하루이틀은 학교 다니기가 정말 힘들다고 생각했고 집에 오면 기운 없는 내 모습에 엄마, 아빠도 걱정을 많이 하시며 매일매일 적응하고 친구도 사귀었냐고 물으셨다. 며칠이 지난 후에는 반 친구들과 많이 친해졌고, 같이 다니는 친구들도 생겼으며 이제 대구에 완전히 적응한 것 같다는 생각이 들었다. 지금 나는 대구에서 친구들과 추억을 많이 쌓았고 즐거운 일이 많이 있었으며 대전 생각이 전처럼 많이 나지는 않는다.

그렇지만 가끔 대전이 그리워져 대전 친구들이랑 연락하면서 충동적으로 대전을 놀러가고 싶다는 생각이 들 때가 있다. 나한테 대전은 내가 태어난 고향은 아니지만 고향보다 더 오래 살고 익숙해졌기 때문에 내 마음속에서는 고향이라 생각하고 있다. 앞으로 대구에 2년 정도 있을 예정인데 그동안 대구가 더 좋아졌으면 좋겠고, 좋아질 것 같고, 대구가 대전만큼 편해졌으면 좋겠다고 생각했다.

외로울 때 이 시 어때?

> "
> 혼자 살면 좋을 것 같지만
> 혼자 살면 편할 것 같지만
> 혼자 있는 게 얼마나 외로운지
> "

− 지정욱, 「자취」[1] 중에서

　내가 기숙사에서 살던 때가 떠올랐다. 집보다 편하고 좋을 줄 알았고, 기숙사에 살기 전에는 대학에 가면 바로 자취해야겠다는 생각을 많이 했다. 하지만 막상 기숙사에 살아보니 그 생각도 잠시였고, 가족이 없다는 외로움이 더 컸다. 룸메도 좋은 친구였지만 룸메만으로 내 외로움이 채워지고 괜찮아지지 않았고, 그 외로움에 적응하는 것도 힘들었다. 작가가 혼자서 자취한다고 했을 때 처음 내가 했던 생각과 이후에 겪은 외로움이 같다는 생각이 들어 그 외로움에 공감했다.

1) 김상희 외 엮음, 2012, 『내일도 담임은 울 삘이다』, 휴머니스트

힘들 때 이 시 어때?

> "
> 옛날 날마다
> 내일은 오늘과 다르길
> 바라며 살아가는
> 한 아이가 있었습니다
> "
>
> - 글로리아 밴더빌트, 「동화(Fairy Tale)」[2] 중에서

'동화'라는 제목이다. 동화는 대부분 해피엔딩인데 그런 제목과는 다르게 시의 내용은 오늘이 바뀌고 달라지길 소망하는 아이가 있다고 표현되었다. 나는 동화 같은 해피엔딩을 좋아하는데 현실은 그렇지 못한 경우가 많았다.

시의 내용은 해피엔딩이 되기 전 동화에서 항상 나오는 서사 부분인 힘든 시기를 말한다는 생각이 들었다. 이 시를 보고 나는 앞으로 힘든 일이 있어도 새드엔딩으로 생각하지 않고, 희망을 가지며 해피엔딩으로 가는 과정이라고 생각하고 이겨낼 수 있다는 생각이 드는 구간이었다.

한편으로 시 속 주인공은 아무것도 하지 않고 바라기만 하는 것 같다는 생각도 들었다. 무엇이 바뀌길 원한다면 바라기만 할 것이 아니라 내가 바꾸어 나가야 한다는 생각하기 때문에 스스로 나아가지 않고 가만히 앉아 바라기만 하고 있는 주인공이 안타깝다는 생각도 했다.

---

2) 장영희, 2006, 『영미시 산책』, 비채

억지로 웃어야 할 때 이 시 어때?

> "
> 웃는 얼굴이 아주 기뻐 보인다
> 그런데 마음은 울지 않을까
> 얼굴조차 울어버리면 내 마음은 기뻐질까
> "
>
> - 김동민, 「웃는 얼굴」[3] 중에서

시에서는 울지 못하고 있는 것 같다. 울지 못하기에 얼굴은 웃고, 마음은 울고 있다. 얼굴이 울면 마음은 기뻐질까 생각하고 있다. 나는 슬프고 힘들 때 시처럼 억지로 울지 않고 웃지 못한다. 나는 슬프면 울고 마음이 조금은 편해진다. 울음을 참고 웃는다는 게 힘들 뿐만 아니라 마음이 기뻐지지 않으며 마음속에 쌓여 결국 나중에 가면 더 힘들다고 생각한다.

시를 읽으며 시인을 생각하게 되었다. 이런 시를 썼다는 것을 보면 자신이 이러한 경험을 해 본 적 있다는 것 같다고 생각이 드는데 울고 싶단 마음이 들 때 참고 웃고, 그게 힘들어 마음이 조금은 기뻐지게 울고 싶지만 그러지 못하는 것 같아 이 시를 쓴 것 같다는 생각이 들었다. 눈물을 참는 것이 얼마나 힘든지 알기 때문에 안타까웠고, 만약 이러한 경험을 해 본 사람이 이 시를 본다면 조금이라도 위로를 받았으면 좋겠다. 조금 씁쓸한 느낌이 드는 짧은 시 안에 많은 의미가 담겨 있는 것 같다.

3) 김동민, 2019, 「하늘을 보고 싶은 날」, 창조문예사

후기

이 책은 열여덟 살이라는 나이에 그동안의 삶에서 작고 소소한 나의 이야기를 쓴 것이다. 『앨리스, 너만의 길을 그려봐』(이상한 나라의 앨리스, 2018)의 한 구절 '아직 세상에 참 서툰 우리에게'에서 영감을 받아 책의 제목을 정하게 되었다.

일주일에 한 번 문학 시간에 자서전을 써야 했을 때 거부감이 많이 들었다. 이제까지 한 번도 써 보지 않던 책쓰기였고, 나 스스로가 글재주가 없어 글을 쓰는 것에 자신이 없었기 때문에 더 그랬던 것 같다. 선생님께서 작년 작품들을 보여 주실 때마다 부담감이 쌓여갔으며 '과연 내가 끝을 맺을 수 있을까?'라는 생각이 회의감이 계속 들었다.

그렇지만 앞에 했던 말이 무색하게도 나는 이 책의 끝을 보았다. 의지력이 약한 내가, 주위에서 함께 쓰는 친구들과 앞장서 도와주시고 지도해 주시는 선생님 덕분에 의지력을 잃지 않고 이 책의 끝을 볼 수 있었다고 나는 생각한다.

이 책은 3월부터 약 넉 달 정도의 기간 동안 조금 조금씩 써서 완성한 책이다. 정말 얼마 안 되는 짧은 분량이라 가볍게 쓴 책이라 생각하고 읽으실 수도 있겠지만 여러 번 썼다 지웠다를 반복한 고민의 흔적이 담겨 있고 내 인생의 중요한 것을 담았으며 18년의 내 인생을 정리한다는 생각으로 진지하게 쓴 책인 것을 알아주면 좋겠다.

18살은 나에게 아주 서툰 나이이다. 쉽게 상처도 많이 받았고, 친구들이 내 인생의 큰 부분을 차지했으며 친구들로 내 자서전이 구성된다 해도 될 정도로 친구들이 에피소드마다 많이 나온다. 18년 동안 나는 많은 사건들을 겪었고 모두 완벽할 수 없었고 매사에 서툴렀다. 앞으로도 나는 서툴고 힘든 일들이 많을 것이다. 그러나 나중에 가면 추억으로 승화할 수 있다는 생각을 이 책을 쓰면서 많이 했다. 자서전을 다 쓰고 쭉 읽어 보면서 나에 대해 생각을 정말 많이 했고 완벽하지 않아도 괜찮고 이겨낼 수 있겠다는 생각이 들었다.

　이 책을 끝까지 써 낸 내가 너무 자랑스럽고, 나의 18년을 채워 준 친구들과 부모님에게 감사하다는 말과 도움을 주신 선생님께 다시 한번 감사드린다. 마지막으로 언젠가 이 책을 다시 읽어 볼 미래의 나에게 힘이 되어 주었으면 좋겠다.
　"너는 소중하고 행복한 아이였다고."

사계(四季)

WRITING / PHOTO 김규리

김 규 리

일흔두 번의 계절을 지내왔습니다.

아직 안 해 본 것들이 많고
세상엔 모르는 것들로 가득 차
모든 걸 배움의 기회로 삼으려 합니다.

뭐든 해낼 수 있는 18살,
매 순간 배우며 성큼성큼 성장하는
나무 한 그루가 되고 싶습니다.

봄

봄, 듣기만 해도 설레는 단어다. 많은 사람들이 '봄' 하면 설렘, 새로운 시작, 벚꽃, 새 학기 등 다양한 이미지를 떠올린다. 그리고 물론 나에게도 내가 생각하는 봄의 이미지가 존재한다. 내가 그리는 '봄의 이미지'는 새로운 만남, 그리고 가슴 떨리는 도전이다.

작년에 우연히 2018 영어토크콘서트 '톡!톡!'이라는 행사에 청중으로 가게 되었다. '톡!톡!'은 여러 학생 연사들이 한 주제를 가지고 발표하며 청중과 영어로 소통하는 토크콘서트인데, 특히 콘서트를 기획하고 홍보하는 것부터 촬영에 이르기까지 모든 것을 모두 학생들이 주도한다는 것이 특징이다.

작년 콘서트의 주제는 '#Follow'였다. 대부분의 팀들은 'Leader의 역할'을 주제로 발표를 진행했다. 그런데 한 팀이 '3.1 운동'을 예로 들며 "우리는 'Follow' 하는 방법이 아니라 'Unfollow' 하는 방법을 배워야 한다!"라고 주장하며, "세상을 바꾸는 것은 따르는 것이 아니라 따르지 않는 법을 배움으로써 얻게 된다."라고 발표하는 것에 큰 감명을 받았다. 그리고 연사들이 자신들만의 철학, 가치관을 갖고 다른 사람들과 소통하는 모습에 토크콘서트에 관심을 갖게 되었고, 행사를 직접 기획해 보고 싶다고 생각하게 되었다.

그러던 중 2019년 봄, 학교로 영어토크콘서트 '톡!톡!'의 학생 운영위원을 뽑는다는 공문이 왔다. 작년의 굳은 결심과는 달리 처음에는 지원을 할지 말지 많은 고민을 하였다. 학생 운영위원 선발에는 지원 동기와 관련 활동 경험을 적는 자기소개서도 제출해야 했는데, 나는 교외의 행사에 직접 참여를 해 본 적도 없을 뿐더러 특히 행사나 대회는 참여만 했지 직접 기획을 해 본 경험은 아예 없었다. 그래서 작년에 토크콘서트를 보고는 무조건 지원을 해야겠다고 결심했던 마음과는 달리 지레 겁먹고 '차라리 지원하지 말까'라는 생각도 했다. 하지만 참여를 망설이는 나에게 담임 선생님께서 가능한 선에서 최대한 도움을 주시겠다고 약속하시며 참가를 격려해 주셨고 나도 이번 기회가 아니면 다시 이 기회에 도전할 수 없다는 생각과 함께 '경험이 없다면 지금부터 쌓아가자.'라는 생각으로 용기를 낼 수 있었다. 지원서를 고치고, 또 고치고를 반복했으며, 꼭 위원회가 되고 싶은 간절한 마음을 더 효과적으로 전달하기 위해 직접 스스로의 지원 동기를 담은 지원 영상을 찍었다.

모든 것이 처음이었다. 어딘가에 뽑히기 위해서 자기소개서를 쓰는 것도, 스스로의 영상을 찍는 것도. 물론 처음이었기 때문에 서툴기도 했고, 막막하기도 했고 많은 시간과 노력이 필요했다. 하지만 그럼에도 불구하고 힘들다거나 하기 싫다는 생각은 늘지 않았다. 오히려 새로운 경험을 해 보니 즐거웠고 가슴이 두근거렸다.

새로운 도전은 언제나 가슴 설레는 일이다. 조금은 미숙하고 서툴지 몰라도, 그 도전들은 언젠가 나를 단단하게 지탱해 주는 뿌리가 될 것이다.

이렇게 내 인생의 봄은 시작되었다.

여름

처음부터 공부에 뜻이 있었던 건 아니었다. 원래는 성적이 좋지도 않고 그렇다고 나쁘지도 않아 그다지 걱정 없이 살아온 편이었다. 그런데 나의 게으름이 축적돼 그 실체를 드러내기 시작한 것은 초등학교 6학년 때쯤이었다.

문제의 녀석은 4학년 때 그 정체를 슬그머니 드러내며 그 이후로 '큰 문제가 아닌 듯' 위장하여 야금야금 내 평균 점수를 갉아먹었는데, 6학년이 돼서야 본격적으로 그 정체를 드러내 내 뒤통수를 정확하게 후려쳤다. 바로 '수학'이다. 처음으로 난 초등학교 6학년 1학기 시험에서 수학 60점을 맞고 큰 충격에 빠졌다. 그것이 나와 수학의 본격적인 첫 대면식이었던 것이다.

부모님은 내 성적표를 보고는 한숨을 푹 쉬셨고 "초등학교 시험에서 60점이라니 말이 안 나온다."라며 나를 나무라셨다. 물론 나도 말이 안 나오기는 매한가지였으나 이대로는 안 되겠다 싶어서 부모님께 학원이나 과외라도 다니는 게 좋지 않겠냐고 말씀드렸다. 그러자 부모님께서는 일단 알겠다며 선생님을 구해 보도록 하겠다고 하셨다.

그리고는 몇 주 후 여름 방학이 시작되었는데 어느 날 우리 집에 웬 대형 미키마우스 머리띠를 하신 선생님이 오셨다. 그 이후로 미키 선생님은 방학 동안 나와 나보다 두 살 어린 내 동생의 수학을 가르쳐 주셨는데, 그날 내 수학 실력을 보시고는 다음 날 4학년 수학 연산 문제집을 사 오셨다. 나는 6학년이나 나이를 먹고서 4학년, 그것도 기초 연산 문제를 다시 푼다고 생각하니 부끄러움이 밀려왔지만 미키 선생님께서는 모든 것이 공부를 안 한 나의 잘못이라며 받아들이라고 하셨다.

그때 선생님은 만화 속 미키 마우스와는 달리 강력한 스파르타식의 교육을 하셔서 나는 바짝 쫄아서 공부를 했다. 여름 방학이었기 때문에 시간도 많아 선생님은 일주일에 4일을 오셨고 한 번 오면 3시간을 수업을 하셨기 때문에 숙제를 하는 시간까지 포함하면 일주일에 16~17시간은 수학 공부를 하는 데 시간을 투자했던 것 같다. 그 결과 나는 1달 반 정도 되는 여름 방학 동안 4학년부터 6학년까지의 수학 문제집 총 13권을 풀었다. 지금 생각해도 어떻게 풀었는지 상상도 못할 만큼 그때는 수학에 전부를 올인했던 것 같다.

방학이 끝나고도 선생님과 계속해서 공부를 했다. 숙제가 하기 싫은 때도 있었고 수학이 지겹도록 싫어질 때도 많았다. 하지만 선생님의 스파르타 교육과 나의 피나는 노력으로 결국 2학기 기말 때 96점을 맞았다! 정말 놀라운 성과였다. 담임 선생님께서 대단하다며 크게 칭찬해 주셨고 미키 선생님은 그만큼 노력했는데 당연한 일이라고 축하해 주시며 치킨을 사 주시기도 했다.

'노력은 나를 배신하지 않는다.'라는 걸 몸으로 겪으며 뜨겁게 타오르던 나의 여름은 그렇게 흘러가고 있었다.

가을

책을 좋아하게 된 계기는 '어쩌다'였다. 사실 귀에 딱지가 앉도록 들었던 "책 좀 읽어라!"라는 할아버지의 말씀에도 불구하고 책에는 눈길도 안 주었던 내가, 중2 때부터 도서관을 매일같이 가게 된 계기는 정말, '우연히'였다.

중학교 2학년 때 담임 선생님께서는 20대의 여자 체육 선생님이셨다. 세상 털털하시고 터프하신 그 담임 선생님께서 우리 반에 처음으로 냈던 숙제는 바로 생뚱맞게도 '일기 쓰기'였다. 아이들 사이에서는 그래도 중학교 2학년인데, 초등학생도 아니고 일기 쓰기가 뭐냐 라는 의견이 분분했으나, 안 쓰면 남아서 청소를 시킨다는 담임 선생님의 협박에 울며 겨자 먹기로 일기를 썼던 것 같다.

나도 물론 처음에는 초등학생이나 하는 일기를 다른 거 하기도 바쁜 중학생한테 왜 시키나 싶었는데 쓰다 보니 은근 재미가 붙기 시작했다. 특히 담임 선생님이 매일 주제를 정해 주시는데, 예를 들어 '파랑'이면 파랑에 대한 나의 고찰이나 관련한 추억을 써 가는 것인데 그게 그렇게 신날 수가 없었다. 그리고 매일 아침에 일기 제출을 하면 종례할 때 일기장을 돌려 주시면서 해 주시는 짧은 코멘트를 보는 것도 또 하나의 묘미였다고 할 수 있겠다. 오죽하면 학교에서 돌아오자마자 가장 먼저 하는 게 일기 쓰기였을까.

그렇게 1년 동안 일기를 써 오던 와중 담임 선생님이 갑자기 '소설'을 쓰자는 제안을 하셨다. 아이들은 '갑자기 웬 소설이냐, 소설 읽지도 않는데 어떻게 쓰냐.'며 온갖 볼멘소리를 했으나 일기장에 개요를 적으라는 담임 선생님의 협박과도 같은 명령에 모두 강제로 '작가 되기 프로젝트'에 뛰어들게 된 것이다.

나도 처음에는 '소설 읽지도 않는데 내가 어떻게 쓰지.'라며 막막해했다. 아무리 해도 내용이나 줄거리의 구상이 떠오르지 않아서 끝내 생각해 낸 방법은 '다른 소설을 참고해 보자.'는 것이었다. 그래서 나는 서점에 가 유명한 소설을 뒤지기 시작했다. 그리고 그 결과 만나게 된 우연한 사람은 '무라카미 하루키'였다. 하루키의 명성은 한국에서도 자자하고 노벨문학상의 후보로도 매년 거론되기에 알고 있었으나 그의 책을 읽는 것은 처음이었다. 내가 고른 책은 새 개정판이 나와 우연히 고르게 된 『노르웨이의 숲』이었는데 처음에는 사 놓고서는 읽기 귀찮아 2주일 동안 서문만 읽었던 기억이 난다.

그러고는 주말에 날 잡아 "오늘은 꼭 읽는다."라고 이 악물고 한 장 한 장 읽기 시작했는데 이럴 수가 이렇게 재밌을 수가 없는 거다. 내용을 읽으면 읽을수록 책에 빨려 들어가는 기분이어서 읽다가 중간에 그만둘 수가 없었다. 결국 서문을 읽는 데만 2주가 걸렸던 그 책을 2일 만에 다 읽어버리고 그 이후로 관련 소설책들을 찾아보면서 다른 분야의 책들을 읽는 것에도 재미를 붙이기 시작했다. 소설부터 시작해 현재 지금 가장 좋아하는 사회 분야의 책들에 이르기까지 '어쩌다' 발견한 나의 취향, 취미는 지금도 내 삶을 알록달록 오색 단풍으로 물들이고 있다.

겨울

　2018년의 시린 겨울이었다. 나는 기말고사 준비에 한참 박차를 가하고 있을 때였고, 우리 할아버지께서는 작년 갑자기 도진 림프암이라는 병과 홀로 고단한 싸움을 하고 계셨다. 할아버지가 워낙 건강하셨기 때문에 난 금방 이겨 내실 수 있을 거라고 안심하고 있었다. 할아버지의 병이 보통 일이 아니라고 느낀 것은 병문안을 갔을 때였는데, 뼈만 남아 살가죽만 쭈글쭈글해진 할아버지의 손을 잡으면서 하염없이 눈물이 났다. 그게 할아버지에 대한 나의 마지막 기억이다.

　늦은 새벽 3~4시쯤에 엄마랑 아빠가 전화를 받고 급하게 나갔던 일이 있었을 때였다. 그때 나는 애써 불안한 마음을 다잡고 내 코앞에 닥친 기말고사에 집중하려고 애를 쓰고 있었다. 그런데도 운명은 나의 노력에도 아랑곳하지 않고 어느날 5교시쯤 나에게 문자를 날렸다. '할아버지가 돌아가셨다'는 내용의 문자였다. 나는 처음으로 보충을 빠지고 급히 장례식장으로 갔다.

　문자를 받고서 정신이 없고 꿈인지 현실인지조차 제대로 분간조차 안 됐다. 내가 장례식장에 가리라고는 상상조차 못했는데, 나는 어쩐지 비현실적인 느낌으로 급히 장례식장에 도착해 전광판에 적힌 호실로 갔다. 도착하니 꽤나 한산한 느낌의 장례식장이었다. 저녁이 조금 넘은 시간이었기에 조문객들은 없었고 할머니와 엄마, 아빠를 비롯해 낯선 검정색

옷을 입고 있던 가족들이 있었다. 내가 오자 "절해야지."라며 할아버지의 사진 앞에 나를 세우셨다.

난 생전 이런 곳에 와 본 적도, 관련한 지식도 전무했기에 어쩔 줄을 몰랐고 나는 한참을 어리바리하게 서 있다가 어색한 동작으로 절을 했다. 가족들은 이미 예상을 했다는 듯 꽤나 침착했고, 나 또한 할아버지의 병세에 대해서는 들은 바가 있어 정신없는 상태지만 어찌어찌 서 있다가 밥을 먹고는 집에 돌아왔다.

장례는 3일간 진행되었다. 1, 2일은 장례식장에서 진행되었고 3일에는 빈소를 떠나 장지로 향하는 절차인 발인이 진행되었다. 3일의 짧은 시간 동안 가족들은 바쁘게 움직였고, 나 또한 마찬가지로 갑작스러운 상황에 정신이 없었으나 슬퍼할 시간이 없었다. 2일째에도 장례식장에 있어야 했지만, 평일이고 시험이 얼마 남지 않은 상황이라 학교에 갈 수밖에 없었다. 나는 쉽게 집중할 수 없었지만 아무렇지 않게 평소와 같이 행동하려고 노력했다. 모두가 즐겁고 행복해 보이는데 나만 괜찮지 않고 비현실적인 느낌이 드는 게 그렇게나 묘했다. 지구가 나만 빼고 돌아가더라.

장례는 일사천리로 진행되었다. 3일째에는 화장이 진행되었다. 가족들은 할아버지의 얼마 남지도 않았던 몸이 더 얼마 남지도 않는 한줌 재가 되는 과정을 설치된 cctv로 한참을 봤다. 할아버지가 세상에서 사라지는 순간이었다. 화장이 끝나고 우리 가족은 할아버지의 고향인 김천에 가 할아버지를 묻어 드렸다. 차가운 겨울바람이 불었다.

김천에서 집으로 오는 버스 안에서 할아버지에 대해 생각했다. 나는 태어난 지 3개월 만에 친가에 맡겨져 초등학교 6학년 때까지는 계속 할아버지네 댁에서 살았는데, 할아버지는 고등학교 국어 선생님이셔서 가끔 내 국어공부를 가르쳐 주시기도 했고 책을 많이 읽으라고 귀에 딱지가 앉을 정도로 말씀하셨던 기억이 난다. 여전히 새벽에 등산을 갔다 오시고는 나와 동생을 깨우실 때의 모습이 보이기도 하고 매일 아침 할아버지의 전축에서 나오는 옛날 노랫소리도 들리고, 항암치료 중 하셨던 쑥뜸의 지독한 냄새도 났다.

　모두가 결국은 과거로 남는다지만 더 이상 보고 싶은 사람을 볼 수 없다는 사실을 받아들이는 건 꽤나 힘든 일이다. 아무리 그 사람을 보고 싶다 하여도 그 사람을 기억할 수 있는 방법은 사진이나 내 머릿속에서 기억나는 추억들 속에서 꺼낼 수밖에 없는 것이다. 그래서 가끔 귀에서 할아버지의 호탕했던 웃음소리가 들리거나, 환하게 웃는 모습이 떠오르거나 하면 할아버지와 함께한 추억을 떠올리는 게 내가 할 수 있는 전부라서 마음이 아프다. 하지만 그 모든 아픔을 받아들이는 것만이 내가 할 수 있는 최선이며 어른이 되는 과정임을 알고 있다.

그리고, 봄

호주의 봄은 화창하기 그지없다. 11월이니 한국은 지금쯤 찬바람이 불 시즌이건만 이곳 호주에는 벚꽃이 하나둘 피기 시작했다. 그것도 보라색 의 벚꽃 '자카란다'가 말이다. 나와 내 친구는 1년 전 교환학생을 신청해 이곳 시드니의 대학으로 오게 되었다.

오늘도 여느 하루와 다름없이 기숙사 룸메이트의 알람에 잠을 깬 나는 아침부터 룸메가 주는 아메리카노 한 잔을 받아 통째로 들이킨 다음에야 정신을 차리고는 첫 수업인 교양 수업을 듣기 위해 나설 채비를 했다. 난 과일과 빵 따위로 대충 배를 채우고 대학교 입구를 지나쳤다.

대학교 입구에는 예쁘게 꽃을 피운 자카란다 벚꽃 나무들이 많았다. 내가 입학했던 2021년도의 봄에도 우리 학교 앞에 벚꽃이 만개했었다. 매년 3월 말이면 입구 근처에 있는 벚나무들이 너도 나도 하나둘 꽃을 피우기 시작했는데 그토록 바랐던 대학교의 학과에 합격하여 여기 입구 앞의 꽃들을 보니 내 인생의 '꽃길'만 가득히 펼쳐지는 것 같은 느낌이 들 어 가슴이 벅차올랐다.

막상 대학이라는 새로운 환경에 적응하는 것이 마냥 즐겁기만 한 것은 아니었지만 그래도 더 넓은 곳에서 내가 하고 싶은 공부를 맘껏 할 수 있 다는 게 좋았다.

교환학생으로서 호주에도 와 다양한 국적의 친구들과 교류하고 더 넓은 곳에서 공부할 수 있었기에 세상은 아직 내가 모르는 것들로 가득 차 있음을 알 수 있는 좋은 기회였다.

최근에는 호주 고등학생들의 학교생활과 학습방법에 대한 연구를 진행 중이다. 이전에 잠시 유학에 갔던 독일에서도 비슷한 연구를 진행했는데, 지금 하고 있는 이 연구와 이전의 연구결과를 토대로 우리나라 학생들이 더 즐겁게 학교를 다닐 수 있는 방법과 정책을 고안해 낼 예정이다.

나는 앞으로도 계속 공부를 계속할 것이다. 이후 대학원에 들어가서도 내가 배우고 싶은 것에 대해 계속해서 공부하고 연구하며 모두에게 더 나은 내일을 만들어 주는 사람이 될 것이다. 꿈을 이루는 봄 속에서, 난 계속해서 도전하며 더더욱 성장해 나가고 싶다.

꿈

제 글을 읽는 여러분은 어떤 꿈을 갖고 계시나요? 저는 명확한 목표라던가 장래희망이 없어 대학교에서는 전공적합성을 주로 평가한다는 이야기를 들을 때나 진로희망을 써 내라는 소리를 들으면 정말 막막합니다.

그리고 그 꿈을 가진 이유는 무엇인지도 궁금합니다. 혹시 그 이유가 '돈을 많이 벌 수 있어서, 가족이 하라고 해서, 할 게 없어서' 등이라면 여러분이 그 꿈을 이룬다 하여도 인생이 행복할지는 미지수인 것 같습니다.

저에게는 희망 직업은 없지만, 꿈이라고 할 만한 것은 하나 있습니다. 제 꿈은, 공부를 하는 것입니다. 이상하게 들리나요? 교과서를 펴서 수업을 듣는 것만이 공부는 아닙니다. 재미있는 책을 읽거나 책에 대해 친구들과 함께 이야기하기나 이에 대한 글을 쓰는 일이나 흥미로운 주제에 관해 골똘히 생각하여 탐구하는 것, 새로운 무언가를 알게 되는 것도 전부 공부입니다.

저는 분야에 국한되지 않고 모든 공부를 많이 해 보는 게 꿈입니다. 예전에는 소설과 철학, 사회 문제에 관심이 많았는데요. 최근에는 심해어에 관심이 생겨서 관련한 공부를 하고 싶어졌습니다.

여러분은 공부를 하고 싶다는 제 말이 판타지 소설처럼 들리시나요?

이걸 보고 있는 여러분은 한국의 꽉꽉 막힌 입시 공부에 지쳐 공부라는 말만 들어도 비명을 지르실지도 모르겠습니다만, 의외로 몰랐던 사실이나 이치를 깨닫는 경험의 존재는 인생에서 꽤나 중요한 반환점을 제공할지도 모릅니다.

비록 저는 꿈은 없을지라도 '배우고 싶다'는 근사한 인생의 목표는 있어서 행복합니다. 제 글을 읽고 있는 여러분도 꼭 지금은 아니더라도 문제집을 펴고 공부하는 것만이 모든 공부가 아니라는 경험을 하셨으면 좋겠습니다. 인생에서 진정으로 얻을 수 있는 값진 '앎'은 문제집에서는 나올 수 없으니까요.

혼자가 싫은 너에게, 이 시 어때?

예전엔 고독이 축복이라는 말을 이해할 수 없었다. 밤이 무서웠고, 혼자 방안에, 아무도 없는 집안에 몇 시간이고 혼자 있으면 우울증에 걸리는 줄 알았다. 그러다 한창 우울감이 심해졌을 즈음, 난 머릿속에 뭉쳐 있는 생각들을 글로 풀어 보기 시작했다. 우울로부터의 몸부림에 가까웠던 그것은 처음에는 단순히 경험을 나열하며 스스로의 감정을 표현하는 것부터 시작했다. 그리고 그때부터 나는 내 감정을 글로 표현하는 방법을 배우게 되었다. 글을 쓰던 밤은 참 고요하고 쓸쓸해서 이 세상에는 마치 나 혼자밖에 없는 것 같이 느껴지곤 한다. 그 당시 나는 그저 '이 감정을 표현하고 싶다.'는 마음에서 글을 써 왔는데 이제 돌이켜 보니 글을 썼던 그때의 밤이 나에게 큰 위로가 되었던 것 같다. 마냥 감정에 젖어 슬픔에 잠기는 것보다 그 감정을 글로써 표현하면 스스로와 지금의 상황을 더 담담하고 차분하게 바라볼 수 있게 된다. 그래서 이 시를 보니 내가 썼던 글과 그 시간들이 생각이 났다. 지금은 고독과 외로움이 내게 솔직해질 수 있고 내가 나 자신일 수 있는 시간을 줌을 알고 있다.

---

4) 신현림, 2011, 「딸아, 외로울 때는 시를 읽으렴」, 걷는나무

나의 열여덟에게

힘난했던 사춘기를 지나 어른도 아니고 마냥 어린아이도 아닌 애매한 나이. 반복되는 생활에 이따금 찾아오는 회의감에 젖어 한참을 괴로워했던 나의 열여덟.

마냥 흑백이었던 나의 열여덟을 밝혀줬던 것은 나의 소중한 사람들이었다.

나는 혼자가 아니기에 성장할 수 있었다. 우울의 구렁텅이에 들어가려던 나의 곁에 있어주고 매일매일을 살아가는 에너지를 준 소중한 사람들이 있었기에 난 나의 하루를 살아갈 수 있었다.

항상 곁에서 희로애락을 함께 해 주는 친구들, 언제나 나를 지지해 주는 부모님, 학교를 즐거움이 가득한 곳으로 만들어주는 우리반 친구들, 힘들 때 버팀목이 되어 주시는 고마운 선생님들, 서로 자극받으며 함께 성장하게 해 주는 학교 선후배들, 긍정적인 에너지를 준 톡톡 콘서트 동료들.

내가 지금의 내가 될 수 있었던 이유, 더욱 성장할 수 있었던 이유, 스스로를 사랑할 수 있게 된 이유, 내일을 마주할 수 있게 된 이유.

나의 삶이지만 결코 나 혼자만의 삶이 아니었다.
나의 열여덟이지만 결코 나 혼자만의 열여덟이 아니었다.

나의 열여덟은 수많은 사람들과 함께였다.

후기

이 책에는 나의 가장 솔직하고 소중한 사계를 담았다. 많이 아프고 힘들었던 만큼 나를 성장시켰던 기억의 사계, 나에게 삶을 살아가게 하는 계기가 됐던 과거의 사계, 내가 생각하는, 앞으로 살아갈 사계절을 그렸다.

이 자서전에서 그린 나는 '나무'다. 나무는 일 년의 기간 동안 색깔을 바꿔 버리기도 하고, 가진 잎을 모두 벗어 버리기도 하며, 앙상한 가지에다 또다시 하나둘 새싹을 피워내기도 한다. 온 힘을 다해 공들여 꽃을 피우기도 하고, 가진 모든 잎을 벗어 버리기도 하면서 성큼성큼 성장해 나가는 나무다.

자서전 책쓰기는 내가 어떤 사람인지 더 잘 알게 하는 시간이었다. 나는 어떠한 사람인지, 어떻게 살아왔는지, 평소 무슨 생각을 하고 있는지 등 나도 몰랐던 나 자신을 내가 쓴 글을 통해 알아 갈 수 있었다.

자서전 책쓰기를 처음 시작했던 봄을 지나, 여름과 가을을 보내고 여느덧 겨울이 지나가고 있다. 그리고 또다시 봄이 찾아오고 있다. 작은 씨앗이었던 난 어느덧 찬란한 봄날의 꽃을 피울 준비가 되었다.

CHERISH EVERY MOMENT

WRITING / PHOTO 김민지

김 민 지

"지혜롭게 빛나라."

2002 월드컵의 열기로 유난히 더 뜨겁던 여름

대구에서 태어나 그 이후로부터 쭉 대구에서 살아왔나.

삼 남매 중 둘째로, 언니와 남동생 사이에서 어릴 때부터

지금까지 하루도 빠짐없이 늘 시끌벅적한 삶을 살고 있다.

prologue

    온전한 나만의 시간을 가지면서 일기 쓰는 것을 좋아했던 나는 문학 시간에 자서전 쓰기를 한다는 것을 듣고 한편으로는 설레었지만, 한편으로는 막막하기도 했다.

    평소에 글을 좋아하는 나였지만 아직 글을 쓰는 것도 서툴고 별 볼 일 없는 나의 이야기가 다른 사람들을 만족시킬 수 있을까라는 생각과 많은 걱정들이 나를 복잡하게 만들었다.

그러나 이 기회가 아니라면 언제 나의 이야기들, 나의 생각과 감정들을 담아낼 수 있을까라는 생각으로 나의 이야기들을 꾹꾹 눌러 담아 보았다.

나의 이야기들을 남아내면서 초등학생 때 쓰던 일기장부터 지금 쓰고 있는 일기장까지, 일기장 수십 권들을 펼쳐 보며 나를 스쳐간 많은 추억들을 다시 그려볼 수 있었고, 나 자신을 되돌아볼 수 있었다.

나의 글들은 아직 서툴고 부족하겠지만 나의 생각과 감정들을 최대한 그대로 담아내고자 노력했고, 나의 소소한 생각과 감정들을 있는 그대로 담아낸 책이니 이 책을 읽는 여러분들은 편안한 마음으로 읽으면서 나의 글들을 통해 쉬어 갔으면 하는 작은 바람을 가져 본다.

그리고 나의 이야기들을 담아 낼 수 있도록 도와주신 동문고등학교 문학 선생님들과 나에게 소중하고 예쁜 추억들을 선물해 준 나의 가족들, 친구들, 나의 소중한 사람들 모두에게 감사한 마음을 전하고 싶다.

둘째로 산다는 것은

    태어나 보니 나에게는 세 살 터울의 언니가 있었다. 내가 태어나기 전, 외동딸로 살면서 온 가족의 사랑을 받고 자라던 언니는 내가 태어나서 가족들의 관심이 나에게 쏠린 탓인지 질투가 나서 갓난아기였던 나를 엄청 질투하고 미워했다고 한다. 내가 장난감을 가지고 놀고 있으면 언니는 내가 갖고 놀던 장난감을 뺏어 가고 그래서 내가 다른 장난감을 가지고 놀면 그 장난감마저 뺏어 갔다. 그리고 내가 앉아서 놀고 있으면 아무도 모르게 와서 머리를 '콩' 때리고 갔다고 한다. 그 당시에 언니는 내가 정말 많이 미웠나 보다.

    그렇게 언니에게 질투를 받으며 막내로 8년 정도를 살아오다 어느새 초등학교를 입학한 나에게는 6살 터울의 남동생이 생겼고, 그 이후로부터 나는 둘째가 되었다.

    막내로 살다가 둘째가 되니 기분이 묘했다. 내게 동생이 생기니 모든 관심은 동생에게로 쏟아졌고 그런 동생에게 살짝 질투가 나기도 했다. 내가 태어났을 때 언니가 이런 기분이었겠지? 언니의 마음을 조금이나마 이해할 수 있었다. 동생에게 질투가 나기는 했지만 동생은 너무나도 귀여웠기에 미워하려 해도 도저히 미워할 수가 없었다.

    그렇게 그 이후로부터 나는 둘째로서의 삶을 살게 되었다. 둘째로 산다는 것은 마냥 쉽지만은 않았다. 공부 잘하는 언니와 나이 차이가 많이 나는 남동생 사이에서는 특히나 말이다. 우리 언니는 어렸을 때부터 공부를 무척이나 잘했다. 초등학생 때부터 전국수학경시대회에 나가서 상도 받을 만큼 공부도 잘하고 모범생인 언니와 다르게 나는 공부에 소질도, 흥미도 없었다.

그래서 어릴 적부터 나는 언니랑 비교를 많이 당했었다. "언니는 공부를 잘하는데 넌 왜 그러니?", "언니 좀 본 받아라."라는 말을 굉장히 많이 들었다. 그런 말을 들을 때마다 공부 잘하는 언니가 너무나도 미웠다.

그리고 언니와 나는 성격부터 생김새까지 모든 게 정반대였다. 나는 눈물도 많고 따뜻한 성격인 반면에 언니는 냉정하고 까칠한 성격이고, 나는 동글동글한 생김새를 가진 반면 언니는 키도 크고 날씬해서 언니와 나는 자매라고 하기엔 정말 안 닮았다. 언니랑 내가 자매라는 사실을 알게 된 사람들은 우리 둘이 자매인지 몰랐다고 할 만큼 굉장히 안 닮았다고 늘 그렇게 말하곤 했다. 그래서 어릴 때 나는 '우리 엄마가 나를 주워 온 건 아닐까?'라는 말도 안 되는 생각을 진짜 많이 했다.

이렇게 언니랑 나는 자매라고 하기에는 너무나도 달라서 싸우기도 참 많이 싸웠다. 언니랑 싸울 때마다 지는 선 낭연히 나였다. (물론 지금도 내가 진다.) 왜냐하면 언니는 어릴 때부터 태권도를 배워서 태권도 3단인가 4단인가 그랬기 때문에 맞으면 진짜 엄청 아팠다. 그래서 언니랑 싸우면 내가 당연히 질 수밖에 없었고 싸우고 나서 꾸중을 들을 때마다 "동생이니까 언니한테 대들지 말아야지."라는 말을 꼭 들었다.

그리고 남동생이랑도 엄청 많이 싸웠다. 남동생이랑 싸울 때마다 "나이 차이가 몇 살인데 싸우니?", "누나인 네가 양보해라."라는 말을 엄청 많이 들었다. 누나인 내가 양보해야 하는 게 당연한 거지만 그 당시의 나는 어렸기에, 나도 투정을 부리고 싶었기에 나는 그 말이 너무 싫었다.

나는 싸울 때마다 꾸중을 두 배로 들어야만 했고, 그 꾸중이 싫어서 언니랑 남동생 사이에서 주로 내가 양보하고 배려했다. 세상의 모든 둘째라면 공감할 것이다. 언니는 언니라서, 동생은 동생이라서 둘째는 항상 양보하며 살아야 한다는 것을.

나는 항상 양보하고 배려해야 했고, 부모님이 나만 별로 사랑하지 않는 것만 같았다. 지금 생각해 보면 전혀 그렇지 않은데 말이다. 어쨌거나 그 당시의 나는 둘째로 사는 게 정말 싫었다.

그렇게 둘째로서 10년 정도를 살아오다 보니 어릴 때는 남모를 설움이 참 많았지만 지금은 둘째로 사는 게 나쁘지만은 않은 것 같다. 나는 둘째로 태어나서 남들보다 뛰어난 공감 능력을 얻었고, 어릴 때부터 양보하는 법과 배려하는 법을 배웠으며 그 누구보다 튼튼한 멘탈 또한 얻게 되었다. 이렇게 둘째로서의 삶은 나를 강하게 만들어 주었다.

물론 아직도 둘째로 산다는 게 서러울 때가 가끔 있다. 하지만 내가 만약 둘째로 태어나지 않았다면 내가 이렇게 강하게 자랄 수 있었을까 싶다.

둘째로서 10년 정도를 살아오고 있는 지금, 생김새부터 성격까지 자매라고 하기엔 하나도 안 닮은 언니와는 신기하게도 잘 지내고 있고, 동생이랑은 아직 유치하게 싸우긴 하지만 언니와 남동생 사이에서 잘 지내는 중이다.

2024년 10월 24일

나는 삼성서울병원 입사 3개월 차 신입 간호사이다. 다른 사람들이 퇴근할 때 나는 출근을 한다. 내 출근 풍경은 저녁노을이 너무나도 예쁘게 지고 있고, 퇴근하는 사람들의 밝은 표정들로 가득하다. 퇴근하는 사람들이 너무나도 부러울 뿐이다.

399번 버스가 병원 앞에서 멈추고 나는 병동에 도착하여 간호사복으로 갈아입는다. 간호사복으로 갈아입을 때마다 항상 '늘 미소를 잃지 않는 따뜻한 간호사가 되자.'라고 다짐한다. 그렇게 다짐을 굳게 하고서는 로비로 가서 인수인계를 받는다.

나에게는 특별한 환자가 한 명 있는데 그 환자는 지금 치매를 앓고 계신 80세 김분옥 할머니이다. 나의 첫 환자이기도 하지만 할머니는 나를 처음 보시자마자 "아이구, 우리 강아지 왜 이렇게 야위었어."라고 하시면서 나를 꼬옥 껴안으셨다. 첫 만남부터 껴안으셔서 당황스럽기는 했지만, 누군가에게 그렇게 꼭 안겨 본 게 얼마만인지 누군가의 따뜻한 품이 그리웠기에 그 품이 참 따스하고 포근하게 느껴졌다. 아직까지도 할머니와의 첫 만남이 기억에 남는다.

아, 그리고 이건 얼마 전에 알게 된 사실인데 할머니가 처음에 날 보시자마자 나를 껴안으신 이유가 내가 할머니의 손녀분과 굉장히 닮아서 할머니가 나를 손녀로 착각하시고 껴안으신 것 같다고 가족분께서 말씀해 주셨다.

할머니는 나를 아직도 손녀 분으로 착각하셔서 나만 알아보시고 나를 제외한 가족 분들은 알아보지 못하신다. 그래서 늘 나에게 "저 사람들은 누구냐?"라고 묻고는 하신다. 가족 분들은 적응이 되신 건지 늘 웃으면서 대답하신다.

이런 모습을 볼 때마다 치매라는 병은 환자 본인도, 그 주위의 사람들에게도 굉장히 가혹하고 잔인한 병인 것 같다. 내가 가장 사랑하는 사람을 못 알아보고, 내가 가장 사랑하는 사람이 나를 몰라보다니 이보다 더 가혹하고 잔인한 병이 있을까.

그래도 늘 아이처럼 해맑게 웃으시는 할머니의 모습을 보면 나까지 덩달아 행복해진다. 다른 환자들의 짜증을 받고 지쳐 있을 때, 할머니의 "우리 강아지 왔네~"라는 말을 들으면 고향 집에 온 것처럼 마음이 포근해진다. 일은 고되지만 이런 소소한 행복과 보람을 얻을 수 있기에 나는 간호사로 일하는 게 너무 좋다. 내가 일할 수 있는 날들, 내가 앞으로 살아갈 모든 날들을 간호사로서 살아가고 싶다.

행복이 필요할 때 이 시 어때?

"
삶이란 원래
자잘한 걸

......

세 잎이면 어떻고
네 잎이면 어떠리.

"

- 김윤현, 「토끼풀」[5] 중에서

  예전에 나는 행복이 정말 대단하고 멀리 있는 것이라고만 생각했다. 그래서 일상 속에서 커다란 행복만을 추구하며 살기에 바빴고 그러다 보니 내 삶이 너무 초라하고 불행하게만 느껴졌다.

  내 삶을 다시 들여다보기로 했다. 내 삶의 사소한 것 하나하나 다시 되돌아보니 내 삶은 행복이 가득한 삶이었다. 내 곁에는 늘 나를 사랑해 주는 사람들로 가득했고, 내 일상에는 소소한 행복들이 가득했다. 내 삶은 행복으로 가득 찬 삶이었다.

  여태껏 내 옆에 가까이 있는 행복을 몰라보고 멀리서 커다란 행복을 찾기에 바빴다. 내 삶은 행복하다는 걸 깨닫게 되니 그동안 커다란 행복만 추구하던 내가 참 바보같이 느껴졌다. 앞으로는 사소하고 작은 것 하나하나 감사하며 살아야겠다. 네잎 클로버처럼 커다란 행운도 좋지만 일상에서 소소하지만 확실한 행복이 진정한 행복이 아닐까라는 생각이 든다.

5) 박광수, 2014, 『문득 사람이 그리운 날엔 시를 읽는다』, 걷는나무

나를 되돌아봐야 할 때 이 시 어때?

> "
> 내가 할 수 있는 일은
> 사랑받을 만한 사람이 되는 것뿐임을.
> 사랑은 사랑하는 사람의 선택에 달린 일.
> "
>
> - 샤를르 드 푸코, 「나는 배웠다」[6] 중에서

나는 정이 많은 성격이기도 하고 사람을 너무 좋아해서, 주변 사람들을 챙겨 주고 돌봐 주는 것 또한 좋아해서 나보다는 다른 사람들을 더 먼저, 더 많이 챙겼다. 내가 그들에게 무언가를 바라서 준 것들은 아니었지만 내가 주는 만큼 나에게 돌려주는 사람도 많았고, 내가 준 것보다 더 많이 주는 사람들도 있었으며, 내가 주는 것을 받기만 하는 사람도 있었다. 오히려 그걸 이용하고 더 바라기만 하는 사람도 있었다. 나를 이용하고 더 바라기만 하는 일부의 사람들 때문에 꽤 상처를 받기도 했다.

하지만 나는 상처를 받아도 누군가에게 주는 게 너무 좋아서 계속 주고 싶었다. 그래서 내가 내린 결론은 내가 상처받지 않을 만큼만 주기로 했다. 내가 상처받지 않을 만큼만 준다는 게 쉽지는 않지만 그래도 예전보다는 덜 상처받는 것 같다는 생각이 든다.

---

6) 류시화, 2005, 「사랑하라 한번도 상처받지 않은 것처럼」, 오래된미래

그리고 나는 예전부터 사람들 모두랑 잘 지내야 한다는 그런 강박관념이 항상 내 머리를 가득 채우고 있었기에 만약 내가 모두랑 잘 지내지 않으면 큰일이 날 것만 같았다. 그런 강박관념을 가지고 살던 내가 인간관계에 너무 회의감이 들어서 인간관계에 손을 놓아보니 어느새 나에게 정말 소중한 사람들만 남아 있었다. 모든 사람에게 잘해 주고 잘 지내는 것보다는 나에게 잘해 주는 사람, 정말 소중한 사람들에게만 마음을 주기로 하니 훨씬 마음이 편하고 후련했다.

　결론은 모두와 잘 지낼 필요도 없고, 모두에게 잘해 줘야 할 필요도 없다는 것이다. 물론 모두와 잘 지내는 것도 좋지만 인간관계에 회의감이 들거나 지친다면, 나에게 소중한 사람, 나를 소중히 여겨 주는 사람과 잘 지내는 것이 어쩌면 나에게 더 좋은 게 아닐까.

사랑이 필요할 때 이 시 어때?

> "
> 네가 너이기 때문에
> 소중한 것이고 아름다운 것이고
> 사랑스런 것이고 가득한 것이다
> "
>
> - 나태주, 「꽃 3」[7] 중에서

　나는 이 시를 읽으면서 사랑받는 기분이 들었다.

　'네가 너이기 때문에 소중한 것이고 아름다운 것이고 사랑스런 것이고 가득한 것이다.'라는 구절이 참 마음에 들었다. 외면적인 모습이나 물질적인 가치를 제외한, 존재 자체만으로도 누군가에게 사랑받고, 누군가를 사랑할 줄 아는 성숙한 사람이 되고 싶다는 생각이 들었다.

---

7) 나태주, 2015, 「꽃을 보듯 너를 본다」, 지혜

epilogue

비록 수업 시간에 쓰기 시작한 자서전이지만 나에 대한 글들을 쓰면서 설레기도 했고, 나에 대해 돌아보게 되고, 나를 더 잘 알게 된 행복한 시간들이었다.

나는 글 쓰는 것을 좋아하기는 하지만 아직 누군가에게 나의 글을 보여 줄 만큼의 실력은 아닌 것 같다. 나의 글들이 지루하고 재미없게 느껴졌을지도 모르겠다. 그래도 최대한 열심히 고치고 다듬었다는 것, 최선을 다했다는 것만은 알아 주길 바란다.

나의 책을 적어나가면서 나의 글들을 통해 여러분들이 잠시나마 쉬어 갔으면 했는데, 나의 바람대로 여러분들이 나의 글을 읽으면서 잠시나마 쉬어갈 수 있었길 바란다.

마지막으로 자서전을 쓰면서 깨닫게 된 것들 중 하나는 매 순간을 소중히 여기자는 것이다. 이미 흘러간 시간들은 돌이킬 수도 없고, 흘러간 시간들을 후회하며 시간을 보내 봤자 달라지는 것은 없다. 지금 이 시간도 돌아오지 않을 순간이기에 돌아봐도 후회가 없도록, 매 순간을 소중히.

BE BRAVE!

WRITING / PHOTO 남지윤

남지윤

누구의 소유물이 되기에는

누구의 제2인자가 되기에는

또 세계의 어느 왕국의 쓸 만한

하인이나 도구가 되기에는

나는 너무나도 고귀하게 태어났다.

- 셰익스피어, 『존왕』 5막 2장 중에서 -

그대는 선녀, 나는야 나무꾼

　엑소 콘서트를 처음 다녀온 날, 날짜와 요일도, 시간도 생생히 기억난다. 2017년 11월 25일 토요일 6시. 고척돔에서 열리는 엘리시온 콘서트 중콘이었다. 매표부터 회상하자면 정말 떨었다. 사실 볼 거라고 큰 기대는 안 하고 피시방에 간 것이다. 거기서 구한 티켓, 그리고 가게 된 콘서트들이 앞으로 내 인생을 망치러 온 나의 구원자가 될 줄이야. 아무도 몰랐을 것이다. 어쩌다 보니 나는 당연히 매표에 실패했고, 운 좋게 친구가 한 장도 구하기 어려운 티켓을 2장이나 구하는 데 성공했고, 콘서트에 갈 수 있게 되었다.

　고속버스에서 평소 하지도 않는 화장을 대구에서 서울 가는 내내 했고, 태풍이 와서 밖은 계속 흐렸지만 내 마음만은 봄이었다. 그렇게 화장을 4시간째 덧대고 있을 때, 저 멀리서 엄청난 크기의 공연장이 보이는 것이다. (이전까지 공연장은 꾀꼬리극장뿐이었던 사람) 버스를 내리다가 다리가 후들거려서 정말 넘어질 뻔했다. 덜덜 떨리는 응원봉을 잡고 첫 콘서트에 간 날. 진짜 눈물이 나더라. 매일 화면으로만 보던 오빠들이서 콘크리트 공연장 뒤편에서 대기하고 있다고 생각하니깐, 정말 저 콘크리트 내 손으로 다 부수고 들어갈 수 있을 것 같았다.

무대는 당연히 끝장났다. 사실 끝장났다는 것만 기억난다. 모든 콘서트가 그렇겠지만, 콘서트가 막을 내리는 순간 콘서트는 영원히 내 머릿속에서 굿바이다. 하나도 기억이 안 난다. 대구로 오는 버스 안에서 올라오는 사진들을 봐도 내가 방금 콘서트를 다녀온 것이 맞나 헷갈린 정도이다. 뭐 그 정도로 행복했다는 것 아니겠나.

아까 말했듯 이 충격적인 수준의 (다시 말하지만 그전까지 공연장은 꾀꼬리극장이 다였던 인간) 콘서트는 내 인생을 망치러 온 구원자 구실을 톡톡히 했다. 이후 나는 서울, 부산, 또 서울 루트를 착실히 다니며 엑소가 있는 곳이라면 어디든 갔다.

콘서트장 앞에서 나처럼 부들부들 떠는 친구와 천둥 번개 치던 닐, 공연장 앞에서 비 맞으면서 덜덜 떨어도 마냥 행복하기만 했던 그날, 그 감정을 난 아직도 생생히 기억한다. 2만 2천 명 중 한 명이 되었다는 생각을 하니, 눈물이 흐르더라. 지금 와서 말하는 주책바가지 행동들이지만, 공연 내내 계속 운 것 같다. 울다가, 웃다가, 응원봉 미친 듯이 흔들고, 죽기 직전으로 소리 지르고 나니 콘서트가 끝났다. 남들은 왜 자꾸 엑소 따라다니냐고, 7년째 지겹지도 않냐는 둥. 나는 엑소 따라다니지 않는다. 미리 가서 기다린다. 내 인생의 버팀목. 나의 청춘 지킴이.

네, 기자 남지윤입니다

"남지윤 기자?" 청소년 기자단 출신, 내가 바로 남지윤 기자다. (기자증도 있는 정식 기자다.) 청소년 기자단. 좋은 기억만이 범벅인 것 같은 작년 여름, 그때의 기억이다. 처음은 심자 하다가 청소년 기자단으로 뽑혔다고 문자가 왔다. 너무 신난 나머지 옆자리 친구랑 호들갑을 막 떨었다. 눈을 감고, 계속 웃었다. 너무 행복했다. 내가 평소 바라던 기자의 삶을 산다고, 나 이제 기자가 되었다고. 내가 아는 모든 사람에게 알리고 다닌 것 같다.

그렇게 얼마가 지나고, 서울에서 발대식을 한다고, 참석 바란다고 문자가 왔다. 물론 발대식을 안 가도 크게 문제는 없었다. 하지만 너─무 가고 싶었다. 발대식 장소가 '서울 연세대 대강당'이라는 말을 듣자마자 결심했다. 여긴. 무조건 가야 한다. 두근거리는 마음으로 발대식에 들어가려는 찰나, 들어가기 전, 기자증 확인이 있다고 직원분이 말씀하셨다. 내가 누군가. 8기 사회부 기자 남지윤이다. 기자증을 손에 쥐고 당당하게 입장했다.

사실 안에서 했던 것들은 크게 기억에 남지 않는다. 덜 인상적이다… 그건 아닌데, 사실 안에 들어갔을 때, 비염이 너무 심해서 기자님들의 강연을 온전히 다 듣지는 못했다. 그래도 강연 내용보다 더, 더, 뜻깊은 것은 내가 그런 경험을 해 봤다는 것, 그런 설렘을 가졌다는 것, 기억보다 그러한 감정들이. 그게 중요한 것 같다. 기자단 활동은 나에게 노란 구슬로 가득 찬 행복한 경험이었다.

그렇게 내가 된다

사실 이 자서전은 내 또래 친구들이라면 누구나 한 번쯤은 해 보았을 고민인 나의 장래희망에 대해 써 볼까 생각했었다. 나는 어린 시절부터 일관된 꿈은 없었다.

기억이 나는 것부터 하나하나 이야기해 보자면, 아주 어린 시절에는 구슬 아이스크림을 달고 살았었다. 특히 바나나 스플릿을 좋아했다. 그래서 구슬 아이스크림 가게 주인이 되고 싶었었다.

조금 더 크고 난 뒤 학교에 들어갈 무렵, 책과 글을 좋아해서 나는 시나리오 작가를 꿈꾸기도 했었다. 그때는 지금보다 글을 잘 썼던 것 같다. 어떻게 사람이 점차 후퇴하는지 잘 모르겠다.

그리고 나의 인생 과도기, 질풍노도의 12살 남지윤은 메이크업 아티스트가 되어 엑소를 만나리라는 거대한 포부를 갖고 있었다.(메이크업 아티스트라는 직업에 대한 비하는 아니다. 메이크업 아티스트가 되어 엑소를 만난다는 사심 섞인 포부가 웃긴 것이다.) 지금 생각해 보니 좀 미친 것 같다. 저걸 진짜 진로희망이라고 썼다. 우리 엄마는 아직도 이 당시 내 사진을 들고 다니며 한참을 놀린다. 난 이 질풍노도 시기의 사진은 정말 눈도 못 마주치겠다. 쪽팔린다.

그리고 중학교에 올라와 쓴 꿈은 승무원. 작은 키도 아니고, 여행도 좋아하고, 언어도 좋아하니 다들 딱이라고 생각했는지 주변에서 추천을 많이 했다. 별 주관도 없고 세상만사 물 흐르듯 살아가던 나는 거의 중학교 내내 승무원이 꿈이었다. 지금 생각해 보면 이때까지 나온 꿈 중 거의 탑으로 나랑 안 맞는 직업이다. 일찍 포기하길 어쩌면 잘한 것일 수도 있다는 생각이 들었다.

그리고 중학교 3학년 때 나의 진로를 진지하게 고민하기 시작했다. 근데 뭐 반평생 아무런 꿈 없이 살아가던 나에게 몇 달 만에 꿈을 정하는 것은 너무 가혹했다. 사실 큰 의도나 기대는 없었다. 대학에서 배우고 싶은 것이 영상이나 방송이었고, 그래서 기자라는 꿈을 꾸게 된 것이다.

최근 들어 생각이 많아졌다. 이제 정말 진지하게 나는 무엇을 하고 싶은가에 대한 고민을 하기 시작한 것이다. 늦었다는 생각이 들기도 하고, 평생을 해야 할 직업이라는 생각에 큰 노력을 들여 여러 직업을 찾았다.

시사 예능 피디, 잡지 편집장, 패션 마케팅 담당자 …

직업을 찾다가 하나 느낀 것이 있다. 나는 직업만 찾고 내가 되고자 하는 인간 '남지윤'에 대해서는 한 번도 생각해 본 적이 없다. 나는 무슨 사람이 되고 싶은가. 그에 대한 고민은 아직 진행 중이다. 그러나 하나 확실한 것은, 적어도 겁먹고 껍데기 속에 숨어 버릴 사람은 되지 않을 것이다.

"
토토. 네가 영사실 일을 사랑했던 것처럼 무슨 일을
하든 네 일을 사랑하렴.
"

"
Toto. Love your work no matter what you do,
just as you loved the screening room.
"

- 영화 『시네마 천국』 중에서

TRAVEL WITH CUTE JIYUN

온실 밖 남지윤

나는 지금, 블라디보스토크이다. 춥다. 일기장을 적는 손이 얼 것만 같다. 이번 여행은 작년 나의 한이 서려 있는 여행이다. 여행 코스는 블라디보스토크에서 시작하는 시베리아 횡단 열차를 타고 모스크바에 도착해, 크리스마스날부터 새해까지 런던과 파리를 오가며 지내는 나의 첫 대장정이다. 작년 고3이라 떠나지 못한 여행 몫까지 모두 풀어 버리겠다며 시작한 배낭여행이었다. 나는 방금 휴대전화도 모두 끊고 빨개진 코끝을 매만지며 기차에 올라탔다.

이번 여행을 시작하기까지 우여곡절이 많았다. 이번 수험생들이 모두 여행에 한이 서려 있는 건지 비행기 표가 없어서 애를 먹기도 했고, 생각보다 러시아 사람들이 영어를 너무 못해서 소통하는데도 꽤 애를 먹었다. 그래도 나는 비행기 표를 간신히 구했고, 지금은 시베리아 횡단열차 칸에 앉아 이 글을 쓰는 중이다. 여행은 변수가 많아서 그만의 맛이 있는 것 같다.

이렇게 기차에 앉아 일기장을 쓰고 있으니 중학교 2학년 처음으로 떠난 해외여행이 생각난다. 중학교 2학년, 나는 처음으로 싱가포르라는 나라로 여행을 떠났다. 사실 목표는 하나였다. 유니버설 스튜디오. 다른 좋은 것도 많이 경험했지만, 영화를 마치 버릇처럼 늘 달고 다니는 나에게 유니버설 스튜디오는 환상, 아니 그 이상이었다. (얼마나 좋았으면 들어가서 그 지구본을 보고 홀로 눈물을 훔쳤다.)

처음 유니버설 스튜디오에 간 날이라서 아무것도 모르고 동생이랑 롤러코스터를 타러 떠났다. 놀이기구를 다 타고 부모님을 만나기로 한 장소로 갔는데 아무도 없는 것이다. 그때부터 정신이 혼미해지기 시작했다. 내 옆에는 아무짝에 쓸모없는 애 한 명이 있었고, 나는 소녀 가장이 된 듯한 슬픔과 분노에 눈물을 흘리며 고객 만족센터로 달려갔다. 울먹이며 어디서 보고 들은 건 있어서 짧은 영어로 대화를 시도할 때였다. 직원분이 부모님 휴대폰으로 전화를 해 보라는 것이다. 황급하게 아빠 번호를 누르고 신호음을 기다렸지만, 아빠는 전화를 받지 않았다. 순간 어린 마음에 엄청난 배신감과 더불어 정말로 이제 호텔까지는 알아서 가야 한다는 마음에 어린 동생의 손을 잡고 스튜디오 밖으로 나가려던 참이었다. 그때 동생이 내 손을 꽉 잡더니 뭘 나가려고 하냐고, 부모님이랑 헤어진 장소에서 기다리자고 하는 것이다. 훌쩍이는 나를 데리고 동생은 그 장소에 가서 계속 앉아 있었다. 근데 신기하게도 몇 분 뒤, 부모님이 오신 거다. 부모님도 우릴 찾으셨나 보다. 이렇게 이야기로 푸니깐 박진감이 느껴지진 않지만, 그 당시에는 정말 정신이 혼미해질 정도로 멘탈이 외지직 외장창 되었다. 말로만 듣던 국제 미아가 된 것 같고, 싱가포르에 한국 영사관은 어디 있지를 생각하고 있었다. 지금 생각해 보니 너무 오버한 것 같다. 차분하게 기다리면 될 것을. 그런 경험 후에 여행장에서 길을 잃더라도 차분히 길을 다시 찾고, 아니면 새롭게 나에게 나타난 길에 뛰어들 수 있게 되었다. 소중한 경험, 소중한 기억.

이번 여행도 나에게 그런 경험과 기억으로 남길 바란다. 인제 그만 일기장을 닫아야겠다. 오늘도 새로운 물감으로 칠해질 나의 일기장과 당신의 스케치북을 응원한다.

2047년 7월 21일 06시 42분

졸린 눈을 비비며 일어났다. 휴대전화 속 시계는 고작 5시 30분임을 알려 주고 있었다. 해가 채 뜨지도 않은 희끄무레한 창문 밖을 쳐다보며 생각에 잠겼다. 기자 생활도 거의 수십 년이 되었다. 20대 시절 종로 경찰서에서 사회부 수습 기자 생활을 거쳐, 정치부 기자로 일하면서 정부 게이트 사건 하나를 거하게 터트려 한국의 역사가 바뀌는 짜릿한 순간도 경험했다. 그 후 워싱턴 특파원을 거쳐, XXX 방송국 개국 이래 최초 여성 단독 9시 뉴스 앵커가 되었다.

이 영광의 수식어를 어깨에 짊어지기 위해 나는 얼마나 많은 이들과 경쟁하며 치열하게 살아와야 했는가. 남초인 언론 사회에서 나는 버티기 위해 늘 이를 깨물고 긴장한 상태로 살아와야 했다. 남들보다 앞서기 위해 남들보다 배는 노력해야 했다. 수십 년간 지속해 온 치열한 전쟁에서, 나는 어쩌면 이제야 행복한 죽음을 맞이할 수 있었다. 며칠 전 뉴스 진행을 위해 앉았던 뉴스 데스크, 더는 그곳에서 가슴이 뛰지 않는다는 것을 느꼈다. 고등학교 시절 생각만 해도 벅차오르던 뉴스 데스크. 이제 다른 설렘을 찾기로 했다.

지금 나는 퇴사를 했다. 주변 사람들 다들 말렸다. 누구보다 좋은 직장에 좋은 대우를 받으며, 그것도 젊지 않은 나이에 이직할 생각도 없이 퇴사를 왜 하냐고. 그 말을 들을 때마다 그저 어깨를 으쓱거렸다. 글쎄.

그저 '벌어둔 돈으로 몇 달 쉬다가 다시 할 일을 찾아보리다.' 하고 사직서를 낸 것이 내 계획의 전부였다.

그러다 이사를 위해 꺼낸 작은 박스에서 고등학교 시절 진행한 펀딩 프로젝트 계획서를 보게 되었다. '아프리카 인식 개선 프로젝트 – 레인보우 아프리카'. 그 밑에 글에는 고등학교 시절 얕은 지식과 넘치는 포부로 쓴 아프리카에 관한 작은 토막글이 있었다. '나는 아프리카가 검은 땅이라는 인식을 바꾸고 싶다.' 순간 머리가 어지러웠다. 이거다.

한때 나의 꿈은 아프리카 전문 사진 기자였다. 어쩌면 이번이 수십 년 간 잊힌 이 프로젝트의 종지부를 찍을 마지막 기회라는 생각이 들었다. 사진을 찍자. 영상을 찍자. 다큐멘터리를 만들어 보자.

생각이 여기까지 미치자마자 미친 척하고 바로 노트북을 켜서 세네갈行 티켓을 예약했다. 한국으로 돌아오는 티켓은 예매하지 않았다. 시간이 더 지나면 절대로 하지 못할 간 큰 행동이었다. 카메라 하나와 여권, 28인치 캐리어 하나를 들고 인천공항으로 향했다. 공항에 도착한 순간, 고등학교 시절, 뉴스 데스크를 상상하는 남지윤처럼, 가슴이 뛰기 시작했다. 느낌이 좋다.

그저 두렵기만 할 때 이 시 어때?

> "
> 어두워질 거라고.
> 더 어두워질 거라고.
>
> (두려웠다.)
> 두렵지 않았다.
> "
>
> – 한강, 「어두워지기 전에」[8] 중에서

　타인의 사소한 말 하나, 행동 하나에 의미를 부여하고 자신의 인생을 맡기는 것, 그것만큼 허무하고 멍청한 짓이 또 어디 있을까. 그러나 아직 나도 그런 멍청한 짓에서 완전히 벗어나지는 못했다. 그래도 이런 결심을 해 본다.

　나는 타인의 생각. 혹은 기대. 두려움에 최대한 흔들리지 않게 버틸 것이다. 막연한 미래보다는 주어진 오늘의 하루에 충실하며, 두려움보다 기대와 즐거움으로 색칠된 미래를 위하여. 나는 오늘의 나의 행복에 최선을 다할 것이다.

　두려움 없는 행복은 유별나게 하기 어렵거나 평생토록 얻지 못할 것은 아니다.

8) 한강, 2013, 『서랍에 저녁을 넣어 두었다』, 문학과지성사

Fearless, Be brave

겁이 없다는 것은 매번 도전하는 인생을 살아간다는 것이다. 내가 가장 두려워하는 것은 주어진 현실에 안주할까 두려운 것이다. 우리의 인생은 짧다. 안주하기에는 안주할 시간조차 주어지지 않은 것이다. 어른들은 슬픈 눈으로 나이가 들면 시간이 빨리 간다고 말한다. 나는 그렇게 말하는 그 눈이 왜 이렇게 슬퍼 보이는지 모르겠다.

이번 책을 출판하기까지는 우여곡절이 꽤 있었다. 그저 수행평가의 일환이었던 책쓰기 수업이 나의 첫 책, 나의 18년 인생을 기록한 첫 책이 되다니. 몇 달 전까지는 감히 상상도 못하던 일이다. 나는 오늘도 어제 감히 상상도 못하던 하루를 살아가고 있다.

난 내일 죽을지, 오늘 죽을지. 아무도 모른다.
스피노자의 '내일 지구가 멸망할지라도 난 한그루의 사과나무를 심겠다.'는 말의 의미를 이제는 조금 알 것 같다.

회고록

WRITING / PHOTO 남 호 준

남 호 준

"

어려운 길은 길이 아니다.

"

_박명수

박명수님,
당신은 도대체 몇 수 앞을 내다보신 건가요.

빛과 그림자

내 생에서 좋았던 시절을 나열해 보자면, 첫 번째는 좋아하는 선생님을 만나 행복한 학교생활을 했던 초등학교 5학년 시절, 두 번째는 중학교 2학년 시절이 되겠다. 나와 잘 맞는 새로운 친구들을 많이 사귀었고, 친구들 간에 관계도 유연했기 때문이다. 그래서인지 학교에서의 생활에 대해선 딱히 불만이 없었다.

하지만 빛이 있으면 그림자도 있듯이, 반대로 진로에 관해서는 가장 암울했던 암흑기였을 것이다. 꿈도 없었고, 그렇다고 공부를 잘하거나 공부 이외의 무언가를 특별히 잘하는 것도 없었으며, 무언가에 관심이 있지도 않았다. 그래서 학원까지 갔다가 오면 항상 컴퓨터를 켰다. 아무런 생각이 없는 채, '하루'라는 소중한 시간을 그렇게 컴퓨터 앞에 앉아 낭비해 갔다.

그림자는 가만히 있지 않는다. 정면에서 비추는 빛의 면적이 커지면 후면에서 일렁이는 그림자의 면적도 덩달아 커지듯, 친구들과의 관계가 더 긴밀해질 때마다 내 그림자도 주변을 차츰 잠식해 나갔다. 뒤에서 드리우는 그림자가 다가오는지도 모르는 나는, 정면에서 반기는 햇빛만을 보며 해맑게 웃기만 했다.

시간이 지나면서 부모님과 갈등이 일어나는 수가 많아졌다. 공부에 관심이 없어 학원에 갔다 오기만 하니 발전이 없는 시험 점수 때문에 결국 학원을 끊고, 시험을 칠 때마다 형편없는 점수가 찍힌 성적표로 밤을 저조한 점수가 나온 원인을 분석하는 것과 앞으로의 공부 계획을 짜는 데에 모조리 소비했다. 공부에 관심도 없었고 극도로 싫어했는데 내가 무슨 말만 하면 갑자기 부모님께서 공부 얘기를 해댈 뿐만 아니라 이미 한 얘기를 반복하면서 시간을 잡아먹기만 하니, 공부뿐만 아니라 나와 함께 사는 가족이 싫어졌다. 그냥 이참에 소통을 단절시키는 게 더 나을 것 같았다. 그렇게 부모님과 말을 섞는다는 게 싫어져서 자연스레 소통이 감소했다. 소통이 없어지면 상대방의 생각을 읽을 수 없듯, 부모님께서 계속 내게 지적하시는 이유를 이해하지 못했고, 대화하기 싫어서 일방적으로 무시하면서 수용하는 척했다.

부모님과의 관계, 학업 등으로 인해 정말 많이 울기도 했었다. 내성적인 성격 탓에 무언가를 말했다간 부모님께 혼날 게 두려워서 화를 제대로 표출하지 못하고 혼자 속으로만 억제해서인지, 그 어느 시기보다도 눈물이 많았다. 운다고 해서 감정이 풀리는 것도 아니었다. 울 때마다 오히려 더 의기소침해졌고, 더 나약해졌고, 더 우울해졌다. 그리고 모든 게 내 뜻대로 굴러가지 않았다.

빛이 있으면 그림자가 있듯이, 아침이 있으면 저녁이 있다. 이후 행복한 일들은 더 이상 일어나지 않았고, 가정사 문제는 갈수록 악화되어 갔다. 진로 문제는 여전히 구석에서 썩어가고 있었다. 상황은 호전될 기미가 없는 총체적 난국이 되어 갔다. 그렇게 내 인생에서의 중학교 2학년 인생은 최고의 시절도, 최악의 시절도 아닌, 소위 이도 저도 아닌 시절로 남게 되었다. 그리고 암흑기의 시작을 알리는 표식으로도 남게 되었다.

무한궤도(無限軌道)

    이팔청춘. 꽃다운 젊은 나이를 상징하는 대표적인 말이 아닐까 싶다. 이리저리 뛰어다녀도 건재한 체력을 가지고 있는 젊은이의 시기, 그 시기에 나는 도서관에서 사경을 헤매고 있다.

    뛰어다니는 만큼 소비해야 할 체력이 방전되는 걸 막고자 책상 구석에는 카페인 우유가, 그 옆 가운데엔 필통이, 필통 옆엔 당일에 끝내야 할 책들이 쌓여 있다. 시험 날을 대비해 젊은이, 노인 할 것 없이 열람실 내부가 사람들로 빽빽이 채워져 있었다. 혹여나, 다른 좋은 양지를 찾아 헤매다간 남아 있는 자리들마저도 없어질 정도였다.

    내부는 항상 백색 소음으로 가득하다. 사람들이 의자를 미는 소리, 캔 음료를 따는 소리, 겉옷이 스쳐지는 소리가 내 정신을 책에 집중시켰다. 집중시켰다고 공부가 잘된 법은 없었지만, 여느 때와 같이 이해하고 암기하고자 애써 노력을 했다.

    어느덧 책만 보다가 1시간 정도가 지났다. 꽉 찬 머릿속을 잠시 정리하고자 하는 차원에 열람실 밖을 나왔다. 그러곤 벌써 밤이 깊어져 어둠이 내려앉은 도서관 바깥의 공원으로 내려갔다. 어두워진 바깥세상은 가끔 차가 지나가는 소리와 찬바람이 부는 소리밖에 들리지 않았다.

누구 하나 없는 고요한 이곳에서, 혼자 산책을 하려는 사람이 나밖에 없다는 사실은 나를 쓸쓸하고도 쓸쓸하게 만들었다. 누군가에게 내 고충을 이야기할 수 없어서일까.

공원 산책길은 고요하기만 했다. 산책길의 노란 가로등 불빛 사이를 홀로 걸었다. 조용한 거리, 아직도 켜져 있는 건물 간판들, 그 건물 안에서 열심히 일하고 있는 사람들. 항상 똑같은 풍경에, 시간이 지나면서 달라지는 시각들. 참 이상했다. 분명 같은 사람들이, 같은 직업을 가지고, 같은 일을 하고 있는데, 어째선지 나는 나이가 먹을수록 그들을 보는 시선이 달라졌다. 옛날엔 예삿일처럼 느껴졌던 풍경이, 지금은 참 존경스럽기도 하고 측은하기도 하다. 간혹 '미래에 내가 저렇게 생활할 수도 있을까?' 하는 생각도 들곤 한다.

공원 구석에 있는 벤치에 앉았다. 하늘을 바라봤다. 고개를 들어 올려 눈에 보였던 건 잿빛 먹구름과 암흑색 하늘이 전부였다. 비치는 별빛 하나도 없는 하늘. 익숙하고도 생생하다. 행복했던 과거가 암흑기로 바뀌는 건 한순간이 아니던가. 잘못된 판단, 그릇된 생각이 나를 절벽으로 몰아넣은 순간에서, 나는 다시 일어서기 위해 정신을 차리려고 애를 썼다. 그럼에도 다시 쓰러져 심연 속으로 가라앉았다. 참 애석하다. 그 수많은 노력이 한순간에 잿빛으로 변했으니 천천히, 그리고 꾸준히 나는 심해 속으로 가라앉았다.

그러다가 나는 한 줄기의 빛을 보았다. 차가운 심해 저 아래에서 무언가를 깨닫고 다시 헤엄쳐 올라갈 수 있는 기회였다. 나는 그 기회를 잡고 일어서려 했지만, 내 뜻대로 되지 않았다. 같은 실수, 같은 잘못을 반복하면서 결국 기회는 놓치고 말았다. 그리고 심해는 나를 더 깊은 곳으로 가라앉혔다.

햄스터가 쳇바퀴를 돌 듯, 내 인생의 비극도 돌고 돌았다. 비극에 부딪힐 때면 걸어야 될 길은 더 길어지고 발은 무거워졌다. 어디에 있는지도 모를 목적지가, 더 멀어지는 게 느껴졌다. 그럴 때마다 나는 주저앉아 울었다. 하지만 주위엔 아무도 없었다. 바쁜 사람이라면 주저앉을 시간도, 누군가를 위로할 시간도 없는 법이다.

도서관이 폐문 시간이 다다르자, 짐을 챙겨 서둘러 집으로 향했다. 걷고 있는 발은 마치 무한궤도처럼 무거웠다. 어쩌면 한숨을 쉬며 걷고 있는 이 순간에도, 무한궤도는 돌고 있을지도 모른다. 비극의 무한궤도가 언젠가는 끝이 났으면 하는 바람을 지닌 체, 오늘도 쓸쓸히 길을 걷는다. 그렇게 지친 몸과 마음을 이끌며, 수능생은 오늘도 어김없이 아무도 없는, 불빛 하나 없는 암흑 속을 걷는다. 행복했던 옛 시절을 꿈꾸는 그의 쓸쓸한 뒷모습은, 그렇게 사라져갔다.

교각살우(矯角殺牛)

나는 본래 공업 고등학교에 다녔었다.

내 생에서 하고 싶지 않은 유일무이한 말이자, 평생 달고 다니고 싶지도 않을 꼬리표이기도 하다. 어쩌면 내게 있어 '공고 학생'은 곧 '불량아'를 의미했다. 그런 두려움 가득한 곳에서, 나는 무려 1년이라는 시간을 보냈다.

나는 이 학교에서 기계를 사용하여 공작물로 부품을 만들거나 전기 설비 분야를 배우는 '자동화 기계과' 소속이었다. 자동화 기계라고 해서 뭔가 기계적이고 계산적일 것 같은 환상이 잠시 있었지만, 얼마 안 가 그런 환상은 없어졌다. 오히려 그게 더 다행일지도 모른다는 생각이 들었다. 쓸데없는 환상은 방해만 되니까.

학교 수업은 예상과 달리 쉬웠다. 인문계 고등학교처럼 정말 집중적으로 공부를 시켜서 대학에 보내는 게 목적이 아니라 이곳은 말 그대로 취업시키는 게 목적이기 때문에 공부에 별로 연연하지 않았고, 선생님들께선 공부도 중요하지만 기술을 더 많이 배워둘 것을 강조하셨다.

그렇다고 공부가 엄청나게 쉬웠던 것은 아니었다. 일단 공업 고등학교는 통합 국어, 통합 수학, 통합 사회, 통합 과학 등의 기본 과목을 반드시 배워야 했고, 이들을 비롯한 전공과목 2개까지 합하면 인문계 고등학교에서 배우는 양의 2배를 더 해야 했다.

전공과목도 고등학생들에 최적화된 교과서가 아니라 대학교에서 사용하는 교재를 사용하는지라 개념이 상당히 헷갈리면서도 서로 비슷해 보이기까지 해서 보통 사람들도 쉽게 이해를 할 수 있을 정도가 아니었다. 나뿐만 아니라 다른 애들도 개념부터 이해가 안 돼서 전공과목을 포기하고 기본 과목에 몰입하는 경우가 상당히 많았다.

전공과목 때문에 자꾸 내신은 떨어지는데 선생님께서 내가 상위권 학생이라며 자꾸 공기압 회로 대회 실습을 시키시는 바람에 스트레스가 이만저만이 아니었다. 2학기 때 자동화 설비 과목을 배우는데 '공기압 피스톤' 관련 단원이 있었다. 공기압을 이용하는 피스톤을 전자 회로를 사용하여 제어하는 파트인데, 내가 끔찍하게 싫어하는 전기 · 전자 과목과 연관되어 있었다. 전기 회로를 이해하고 직접 설계를 할 수 있어야만 공기압 피스톤에 대해서 이해를 할 수 있다. 그래서 연습이 있는 날은 그야말로 최악이었다.

고등학교에 입학하기 전에 공업 고등학교 계열은 들어가면 정신이 상당히 소란스러워질 거라고 다들 말을 했었다. 입학하기 전엔 단순히 겁주기 위해 하는 말일 거라 생각했지만, 막상 입학해 보니 그 말이 현실로 다가왔다. 개학 직후부터 이게 학교인가 싶을 정도로 엄청나게 소란스러웠다. 아예 수업 진행이 불가능할 정도였다.

또 어떤 경우엔 몇몇은 서로 간의 관계에서 모종의 다툼이 발생한 이후 친구를 괴롭히기까지 했고, 서로 책상을 엎거나 교내에서 싸우거나 축구를 하다가 유리창을 깨는 등 이상 행동을 시작함과 동시에 내 정신도 덩달아서 피폐해졌다.

반 분위기와 전공과목에 적응 못하고 정신은 정신대로 망가져서 결국 겨울 방학 때 슬럼프에 우울증까지 겹치는 사태가 발생했다. 그래서 겨울 방학이 다가올 무렵, 부모님과 담임 선생님과의 지속적인 상담 끝에 인문계 고등학교로 전학하기로 결심했고 겨울 방학이 끝나고 나는 이곳, 동문고등학교로 오게 됐다.

중학교 때 망친 성적을 공고에서 가서 만회하려던 게 오히려 정신까지 망쳐놓은 이른바 교각살우(矯角殺牛)가 된 셈이었다.

차가운 환영(幻影)

　내 꿈은 교사가 되는 것이다. 어렸을 적, 누군가를 가르친다는 게 즐거웠기 때문이다. 그리고 나는 거의 청소년의 끝자락에 왔을 즈음까지 그 꿈을 고수해 왔다. 그래서 공고에서 나와 '인문계 고등학교'에서 새롭게 여정을 시작했다.

　하지만 이상은 현실과 정반대였다. 이상과 현실이 공존할 수 없는 차가운 현실을 인정해야만 했다. 꿈을 꾸면서 현실을 살아가기란, 할 일이 많은 내게 너무 벅찼다. 하지만 나는 그렇게 살아가기를 선택했다. 꿈을 꾸면서 살아갈 수 있는 나의 모습은 조금이라도 따뜻하고 느린 모습 같아 보였으니까.

　그렇게 나는 꿈과 현실을 동시에 짊어지고 하루하루를 버텼다. 하지만 차가운 현실은 잔혹하기만 했다. 노력은 매번 나를 배신했고, 내 뜻대로 되는 일은 없었다. 무언가를 할 때마다 성과는 나오질 않자 시간이 지날수록 내 몸과 마음은 지쳐 갔고, 나의 꿈은 스러지고 서서히 잊혀져 갔다. 그리고 점차 현실을 등지기 시작했다. 내가 원했던 삶은 이게 아니었다.

　내 꿈은 정말 '교사'인 걸까? 맞는다면 나는 왜 이 길을 가고 있는 거지? 여기는 어디고, 나는 어디로 가야 할까?

암회색 하늘

노란빛의 가로등 아래서 사람의 그림자들이 바삐 움직였다. 북적이는 퇴근길, 시곗바늘이 정확히 밤 10시에 들어서자 사람들이 각 건물의 입구에서 물밀듯 쏟아져 나오더니, 안 그래도 복잡했던 요 근방을 삽시간 내에 빽빽하게 메워 버렸다. '과연 퇴근 시간의 힘인가?' 하며 창문 너머로 묵묵히 감탄하였다.

야간 자율 학습 감독으로 교실에 들어와 노트북이나 펴서 업무를 처리하던 나는 하교 종이 울리자 노트북을 접고 교무실로 향했다. 해일처럼 복도를 휩쓸며 나오는 학생들의 큰 덩치에 떠밀리고 이리 치이고 저리 찌부러지는 바람에 겨우겨우 교무실로 내려올 수 있었다. 몸만 큰 어린이들이라며 말만 툭 뱉어 내었다. 도대체 어디서 발현된 힘이란 말인가.

정신을 차리고 서둘러서 짐을 챙겨 집으로 향했다. 학교를 나오자마자 시원한 밤공기가 나를 맞이했다. 얼마 만에 느껴 보는 자유인가. 암회색의 우중충한 하늘마저도 반가웠을 따름이다.

길거리에 나서자 본교와 타교 학생들이 뒤섞여 거리를 메웠다. 무표정의 창백한 얼굴들로, 각자 자신에게 '학원'이라는 정해진 또 다른 루트를 따랐다. 참 더러운 세상이다. 예나 지금이나 학생들이 공부에 눌리는 건 바뀐 게 쥐꼬리만큼도 없으니 말이다.

집에 가기 위해 발걸음이 어느새 지하철역 쪽으로 놓였다. 구불구불한 계단을 쪼르르 내려가 지하철 플랫폼에 다다르자, 아직도 불이 켜져 있는 플랫폼 위로 집 아니면 학원에 가려는 학생들, 퇴근하는 직장인들이 가득했다. 흔히 보는 일상이라 그런지 더 이상 신기할 게 없었다. 오히려 평범한 풍경이었을 뿐이다.

지하철이 작은 굉음을 내며 수많은 역을 지나쳤다. 스크린 도어가 열리고 수많은 사람이 내리고 오르길 반복했다. 수많은 사람들이 차내를 빽빽이 밀집시켰음에도 서로 오가는 말없이 조용했다. 일 빡세게 하다 오느라 서로 할 말도 잊게 만드는 피로감만이 왜 선내 공기가 무거운지 알려 주고 있다.

피곤하고 적막한 무거운 공기에서, 창문에 비친 40대의 중년 남성이 보였다. 찐득하게 붙어 있는 눈 밑 다크 서클, 희멀건 입술, 스트레스로 인한 팔자 주름, 창백한 눈, 초점 잃은 눈동자. 그렇게 열심히 뛰어다니며 눈웃음을 달고 살았던, 쉴 새 없이 움직이면서도 주눅 들지 않던 젊은이는 이젠 보이지 않는다.

고등학교 시절, 고작 '중·고등학교의 역사 교사가 되어 학생들을 가르치고 싶다'는 소박한 소망을 간직한 체 나아갔던 그 길이, 과연 지금에 있어서 무엇이었을까? 굳이 사범대학에 들어가겠답시고 그 편한 공업 고등학교에서 나와 인문계로 전학 갔던 그 사건은, 더 나은 삶을 살 수도 있었을 나를 나락으로 이끌기 위함이었던가.

처지가 원망스럽기만 하다. 몸만 큰 어린이들을 힘들게 가르쳐서 받은 쥐꼬리만한 월급만 받아먹는 겨우 월급쟁이밖에 안 되는 사람일 뿐, 타인들에 비해 나 자신 따위 아무것도 아니라는 생각이 들었다.

이젠 별 생각이 다 드는구나 싶었다. 나이를 먹으니 생각이 깊어진 건지, 아니면 쓸데없는 잡생각이 많아진 건지 머릿속이 복잡해져 갔다. 이젠 교사 생활도 점점 지쳐 가고 있다. 과연 이 길이 맞았던 건지, 눈앞이 깜깜해 보였다. 결코 끝나지 않을 암흑 속에서 아등바등 거리고 있는 것만 같다. 대학교를 졸업하고 고등학교에 교사로서 취업한 그 기쁜 감정에 사로잡혀 혼자 상상했었던 교사의 로망은, 소박하고 평화로운 삶을 기대했던 상상은 어쩌면 나와 상관없을 그저 하나의 사치였을 뿐이다.

내릴 역에 도착하고, 들어오려는 수많은 사람들 사이를 비집고 겨우 빠져나와 올라가는 계단으로 무거운 발걸음을 재촉했다. 지하철에선 느끼기 힘든 차고 매서운 바람이 얼굴을 강타했다. 사회란 참 무섭다. 사람의 의지를 어떻게 이리 쉽게 변화시킨단 말인가.

희미한 가로등 사이를 걸어갔다. 중년 교사는 축 처진 어깨를 이끌고, 천천히 그리고 무겁게 가로등 없는 어둠 속으로 묵묵히 사라졌다. 어둠에 더 이상 두려워하지 않았다. 어둠은 그에게 있어 이젠 익숙하기 때문이다.

시간은 빠르게 지나가고 있다. 변함없는 세상, 변함없는 시간, 변함없는 나날. 높은 하늘의 잿빛 먹구름엔 별빛이란 존재하지 않는다.

포기하고 싶을 때 이 시 어때?

> "
> 웃어라, 온 세상이 너와 함께 웃을 것이다.
> 울어라, 너 혼자 울 것이다.
> "
>
> - 엘라 휠러 윌콕스, 「고독」9) 중에서

실패로 인해서 좌절하여 주저앉은 적이 많았다. 그래서인지 남들보다 더 느리게 걸어갔고, 그 결과로 남들보다 한참 더 뒤처지게 됐다. 그때 내가 다시 일어설 수 있도록 도와주었던 사람은 없었다.

남들은 나의 희열엔 같이 기뻐해 주고 동조해 주지만, 내가 무너지면 모두 떠나서 나 혼자 남게 된다. 삶의 고통은 나 하나만으로도 충분하기에, 생존을 위해선 쓰러진 타인에 대한 외면은 불가피할 수밖에 없을 것이다.

'인생은 혼자 사는 것이다.'라는 말이 있다. 누군가에게 의지하는 것은 잠시일 뿐, 의지 끝엔 다시 혼자가 된다. 자신만을 믿고 스스로의 힘으로 일어서 나아가는 게 어쩌면 이 삭막한 세상에서 살아남을 수 있는 유일한 방법일지도 모른다.

---

9) 제인 오스틴 외, 2019, 「제인 오스틴과 19세기 여성 시집」, 봄날에

지난날이 후회될 때 이 시 어때?

> "
> 숲 속에 두 갈래 길이 있었다고
> 나는 사람이 적게 간 길을 택하였다고
> 그리고 그것 때문에 모든 것이 달라졌다고
> "
>
> - 로버트 프로스트, 「가지 않은 길」[10] 중에서

인생은 매순간의 선택으로부터 시작된다. 선택을 하면서 좋은 길로 들어갈 수도 있고, 실패한 인생을 살면서 후회할 수도 있다.

선택에 대한 대답은 단 두 개 이다. 'YES'와 'NO', 이 양자택일이 내 인생을 완전히 뒤집었다. 쉬운 길을 포기하고 이 어려운 길을 기어코 가려했던 그 고집이 내 인생을 180도 바꿔놓았다. 어쩌면 그때 계속 공업고등학교에 남아 있었더라면 현재는 내신 잘 받고 아무 걱정 없이 떵떵거리며 잘 살았을지 모른다.

하지만 난 그 길을 버렸다. 힘들다는 주변의 만류에도 불구하고, 난 단독적으로 행동했다. 내가 행했던 과거의 행동이 과연 올바른 길이었을까? 아직도 답을 찾을 수 없다. 어쩌면 영원히 찾을 수 없을지도 모른다.

10) 로버스 프로스트, 2014, 「가지 않은 길」, 창비

용기 내고 싶을 때 이 시 어때?

> "
> 신선한 공기, 빛나는 태양,
> ......
> 이것만 있다면 낙심하지 마라
> "
>
> - 요한 볼프강 폰 괴테, 「용기」[11] 중에서

"용기"

쓰는 것은 쉽지만, 실행하기엔 너무나도 어려운 단어이다. 실패한 과거를 되풀이할 수도 있다는 것에 대한 막강한 두려움에 쉽사리 엄두를 못 내기도 한다.

수많은 실수, 실패를 겪어왔다. 그렇게 교훈을 얻으면서 성장했다. 하지만 그만큼 고독하고 힘든 시간이었다. 일어서려 해도 실패로 인한 좌절감이 나를 짓눌러 다시 일어설 수 없게 했다. 일어서려는 순간 나를 암흑 속으로 몰아넣었다.

다시 일어서는 게 두렵다. 또 다시 실패를 되풀이하고 싶진 않다. 하지만 일어서고 싶다. 더 이상 주저앉고 싶지 않다. 내게도 다시 일어설 수 있는 용기가 있었으면 좋겠다. 누군가가 도와주지 않아도 이 심연에서 벗어날 수 있는 용기를. 반딧불이처럼 어둠 속에서 빛을 내며 스스로 목적지로 향할 수 있는 용기를.

---

11) 이혜경, 2017, 『마흔, 시로 답하다』, 니케북스

'자서전 쓰기'

처음 이 활동을 직면한 순간, '잘하는 것도 없는 내가 자서전을 어떻게 써야 하는 거지?'라는 생각이 들었습니다. 공부, 그림, 체육, 글쓰기 등 뭐 하나 빠짐없이 못해서 도대체 무엇으로 자서전을 쓸 수 있는지 걱정부터 됐습니다.

하지만 자기 자신을 성찰하면서 과거를 다시 써 보는 게 가장 중요하다는 선생님의 말씀을 듣고 자서전을 어떻게 써야 하는지 대충 생각이 떠올랐습니다. 그렇게 글을 써 내려 가다 보니 어느새 16페이지를 단숨에 채우게 되었습니다.

비록 18년이라는 짧은 인생을 살아왔지만, 자서전을 쓰게 되면서 많은 것들을 배운 것 같습니다. 앞만 보고 달려가면서 대수롭지 않게 생각했던 순간들, 마음 깊숙이 뿌리를 박아 큰 아픔을 주었던 순간들, 힘들고 고통스러웠던 매 순간들이 제게 어떤 의미였는지 차근차근 알아볼 수 있었던 좋은 순간이었던 것 같습니다.

저는 글쓰기를 좋아하나 글쓰기를 잘하지 못합니다. 그만큼 문장 구사력이나 단어 선정 등이 많이 부실함에도 불구하고 부족한 책을 읽어 주신 독자 여러분들께 진심으로 감사드립니다.

소소하지만 행복한 기억

WRITING / PHOTO 박 나 원

박 나 원

낙천적이어서 세상을 밝게 보는 편
소소하지만 확실한 행복, 일명 소확행을 추구한다.
쉬는 날에는 침대가 세상 전부인 집순이지만
훌쩍 여행을 떠나고 싶어 하기도 한다.
혼자 떠나는 게 무서워 실행에 옮기지는 못하지만
언젠가 전 세계 모두와 소통하며
세계일주를 하는 낭만적인 생각도 가지고 있다.

2019년, 지금은 그저
꿈을 찾고 싶은 낭랑 18세

나

　한일 월드컵이 열리던 2002년, 난 부모님께 월드컵 4강보다 더 큰 기쁨을 안겨 드리며 태어났어. 막내딸로서 어릴 때부터 사랑을 많이 받아왔지. 부모님의 기대에 버금가게 착하고 바른 총명한 아이로 자랐어.

　하지만 어릴 적 나는 소심한 아이였어. 난 그런 내가 싫었고. 부모님이 말한 대로 착하고 바른 아이로 자랐지만, 자신감이 부족했어. 목소리도 작은데다가 자기 주장도 못하는 아이였지. 난 착한 아이 콤플렉스에 걸린 것 같았어. 모두에게 잘 보이고 싶고 모두가 날 좋아했으면 하는 마음에 말이야.

　세상 모두가 날 좋아할 수 없다는 걸 깨달을 때쯤, 남들에게 맞추어 가는 삶이 아니라 있는 그대로의 나로 살아야겠다고 생각하게 되었어. 생각해 보니까 난 괜찮은 사람이더라고. 그전까진 남과 비교하며, 나보다 뛰어난 친구를 부러워하며 살았던 것 같아. 그런데 있잖아, 빛이 나는 사람들은 자기를 사랑하더라고. 한 번뿐인 인생, 나를 사랑하고 아끼기에도 모자란 시간인데 남과 비교하며 산 시간이 너무 아까웠어. 그걸 안 때부터 내 자존감은 올라갔어.

　자신감이 붙은 만큼 목소리도 점점 커지면서 난 더 당당하고 괜찮은 사람이 되어 갔어. 나 자신을 내가 인정해 주는 것, 실패해도 넘어지지 않고 모자란 부분을 채워 간 것이 성장의 발판이 되었어. 앞으로 더욱 발전해 갈 날 기대하며 하루하루를 살아가고 있어.

Best Friend

2009년, 내가 8살이 되던 해에 우리 가족은 뉴질랜드로 떠났어. 그전 해에 가족 모두 뉴질랜드로 5박 7일 여행을 갔었는데 그때 아름다운 자연에 반해서 거기서 살기로 하셨대. 근데 왜 뉴질랜드냐고? 막내 이모네 가족이 거기 살고 있었거든. 그게 가장 주된 이유였겠지? 암튼 내 선택권은 없었어. 한국에서 초등학교를 입학했지만, 일주일만 다니고 뉴질랜드의 초등학교에 가게 되었어. 당시 담임 선생님께선 친구들에게 인사를

하지 않고 떠나도 괜찮겠냐고 물었고 나는 괜찮다고 했어. 고작 일주일
인걸, 친구들에게 인사하는 것이 오히려 이상하다고 느꼈거든.

뉴질랜드에서 다녔던 학교는 오클랜드에 있는 Willow bank School이
라는 곳인데 구글 어스에 쳐보니까 학교가 아직 있더라고. 10년 전에 다
닌 곳인데 너무 멀게 느껴져서 없어진 건 아닌가 걱정했었거든. 그 학교
에 다닌 것이 기억이라기보다는 꿈만 같아. 그곳에서 지낸 2년간의 기
억이 한국에서 10년을 보내며 잊혀 있었어. 꺼낼 일도 없고, 점점 희미
해져 가며. 하지만 자서전을 쓰기 위해 가장 행복했던 기억을 더듬어 보
았을 때, 그때인 걸 알았어. 희미해진 기억을 되살리려고 구글 어스에서
학교 로드뷰를 보았지. 이럴 때 보면 기술은 놀라워, 그렇지 않니? 학교
정문, 후문, 잔디 운동장과 교복을 입고 등교하는 아이들을 보면서 그
때 기억이 파노라마처럼 지나갔어. 빨간색 카라티에 남색 주름치마를 입
은 내 모습이, 이른 시간에 등교해 동복인 기모 후드만을 입은 채 추위
에 떨며 교실 문이 열리기를 기다리던 그 모습이 말이야. 물론 하복이었
던 분홍색 체크 원피스도. 내가 어릴 땐 분홍색을 좋아했거든.

Olivia

난 부모님 출근 시간에 맞춰 항상 아침 일찍 일어나서 8시 전에 학교
에 도착했어. 그때 학교에 있는 친구는 몇 명 없었지만, Olivia는 항상
일찍 왔지. 함께 교실 앞 놀이터에서 아침 시간을 보내는 친구였어. 그
때를 생각해 보니 뉴질랜드에서 같이 지냈던 친구들이 생각나는 거야.
그래서 그때 쓰던 다이어리를 펴 봤어. 다이어리의 맨 앞 장엔 'New
Zealand / 2010 / Year 4 / Age 8 / Nawon Park / Willow bank School'
이 내 글씨체로 적혀 있었어. 글쎄, 친구들 사진도 있더라고. 한국으로
돌아가던 2010년 해, 오빠 졸업식 때 친구들의 얼굴을 까먹지 않기 위해
사진을 받았었지. 지금 생각해 보니까 어떻게 그런 똑똑한 생각을 했을

까? 내가 생각해도 내가 자랑스럽고 기특해. 덕분에 소중한 기억을 떠올리게 되었어.

Rachel

학교에 간 첫날에 부모님 없이 혼자 남겨지는 게 무서워 교실 앞에서 울었던 게 기억나. 말도 하나도 안 통하는 곳에서 어떻게 하루를 보내라는 건지 머리가 새하얘졌지. 하지만 부모님은 날 두고 가셨고 나는 교실에 한 발짝씩 나아갔어. 내 걱정과는 다르게 친구들은 영어를 하나도 모르는 나에게 알파벳 카드를 보여 주며 발음을 알려 줬어. 금발에 얼굴이 작은 Rachel의 등 뒤에 날개가 보이는 것 같았어. 천사가 내려온 것이 아닌가 싶었다니까. 사실 이 친구의 이름은 정확히 기억나지 않아. 다이어리에 이름도, 사진도 적어두지 않았기 때문에. 하지만 R로 시작하는 예쁜 이름이었다는 것만 기억나서 Rachel이 가장 어울릴 거 같았어.

Regina

친구들은 영어를 잘하지 못하는 나와 바디랭귀지를 통해 소통하려고 했어. 항상 모래 놀이터에 갈 때도 데려가고 말이야. 정말 착한 친구들이지? 가장 친했던 친구는 발레를 잘하고 똑똑한 말레이시아인 Regina Lee였어. Regina는 내가 어려움을 겪을 때마다 해결해 주는 나의 히어로였어. 무슨 말인지 이해가 잘 안 가지? 하루는 학교에서 키 작은 친구가 달리다가 나에게 부딪혀 넘어졌는데 너무 아팠어. 그 작은 친구는 울었고, 우는 친구를 두고 그 아이의 친구는 나에게 와 따지기 시작했지.

"너 몇 살이야? 8살? 그럼 네가 이 친구보다 나이가 많으니까 네 잘못이야. 네가 사과해."

지금 생각해 봐도 되게 어리고 어이없는 생각이지. 하지만 그때 나는 내 잘못이 아니라고 영어로 얘기를 할 수 없는 거야. 걔들이 알아듣지 못할 한국어만 속으로 되뇌었지. 하고 싶은 말은 목에 걸려 있지만 결국 입 밖으로 나오는 말은 'I'm sorry.'였어. 그 모습을 본 Regina가 다가와 그 친구를 다그치더니 날 데리고 가서 이렇게 말했지.

"나원, 네 잘못이 아닌데 무조건 사과할 필요는 없어!"

그때 Regina가 내 편을 들어주지 않았다면 나도 그 자리에서 울어 버렸을 거야. 이 상황이 너무 억울한데 말을 못하는 내가 답답했거든. 내 착한 히어로는 나와 이별할 때 정말 아쉬워했어. 그러다 좋은 아이디어가 생각났다며 내 다이어리를 폈어. 거기에 자기 이메일과 편지를 써 주며 한국에 돌아가서도 꼭 연락하라고 했지. Regina의 아이디어 덕분에 내 다이어리에는 친구들의 이메일과 편지가 가득해. 이 다이어리는 내가 뉴질랜드에서 가져온 것 중에 가장 소중한 것이 되었어.

Jenny, Helen, Hanuel

Regina, 가필드를 잘 그리고 장난기가 많았던 중국인 Jenny Wang과 우리 삼총사는 함께 다녔어. 하지만 이 아이들과도 떨어져 있을 때가 있었어. 영어를 잘하지 못하는 아이들을 위한 교실이 있었는데 하루에 한 교시씩은 듣곤 했어. 그곳에서 항상 밝게 웃던 중국인 Helen Li와 Helen의 오빠, 피부가 하얗고 웃는 게 귀여웠던 일본인 Hanuel을 만났어. 모두 영어를 잘하지 못해 의사소통이 제대로 되지는 않았지만 우리는 정말 잘 통했어. 영어를 잘하지 못한다는 공통점도 있고 말이야.

Helen과는 서로 중국어와 한국어를 알려 주었는데 어릴 때 읽은 만화책 '마법천자문'이 쓸모 있더라고. 내가 한자를 적어 보여 주자 Helen은 놀라며 신기해했어. 이때부터 난 외국어를 배우는데 흥미를 느끼게 된 것 같아. 외국인이 모국어로 말하고 쓸 수 있다는 것, 그것보다 친근감을 쌓을 수 있는 건 없을 거로 생각해. Helen의 오빠는 'April' 발음을 못해 항상 '애플'이라고 읽었는데 너무 웃겼어.

Hanuel은 편하게 Hanu라고 불렀는데 전학생이어서 나보다 영어를 잘 하지 못하던 친구였지. 하루는 Hanu가 나한테 포켓몬 스티커가 가득한 편지를 준 적이 있는데 그게 사라져서 너무 아쉬워. 그리고 Hanu의 사진을 받지 못한 것도 말이야.

Paris, Samantha, Mackenzie

반에서 친했던 프랑스인 Paris는 금발에 파란 눈이 정말 예뻤고, 중국인 Samantha는 정말 똑똑했어. 남미에서 온 Mackenzie는 항상 나한테 귀엽다 했었지. 난 그때도 주변 아이들보다 키가 아주 작았었거든. 물론 18살인 지금도 그래. 그 시절 내 친구들은 외모를 제외하곤 모두 같은 8살 아이들이었어. 나를 이해해 주고 내 친구가 되어 준 그 아이들을 기억해. 나의 대답도 듣지 못하고 일방적으로 말하는 게 전부였지만 친구들은 내게 말했어.

"You are my best friend, Nawon!"

집에 사정이 생겨서 뉴질랜드에서 꿈같던 2년을 보내고 한국으로 돌아오게 되었어. 이번에도 내 선택권은 없었지. 그땐 휴대폰이 없었으니까 이메일을 주고받을 수밖에 없었는데 전화번호를 저장했으면 지금쯤 연락을 하고 있을까? 10년이나 지났지만, 그곳의 아름다웠던 풍경과 즐거웠던 학교생활, 그리고 그리운 친구들은 내 기억 속에 나름 선명하게 남아 있네.

누군가는 2년이란 세월이 짧다고 느낄 순 있지만 나에게 뉴질랜드에서의 시간은 내 인생에서 소중하고 잊을 수 없는 순간이야. 커서 해외여행 갈 돈을 벌게 되면 제일 먼저 뉴질랜드로 떠나려고 해. 유럽의 고풍스러운 분위기와 건물들은 없지만, 별이 가장 예쁜 곳이거든.

하늘에서 쏟아지는 별을 보고 싶으면 데카포 호수를 꼭 가 봐. 난 어려서 못 가 본 카와라우 번지점프에 갈 생각이야. 내 버킷리스트 중 하나거든. 일단 공항에 도착하면 이모네 가족들을 만나서 오랜만에 이모 집으로 갈 거야. 내가 다닌 학교도 가 보고, 바뀌었을지도 모르는 이메일로 친구들에게 연락을 한번 해 보려고 해. 혹시 모르잖아? 누군가 나처럼 그 추억을 잊지 않고 기억해 날 만나러 와 주지 않을까 하는 기대에서.

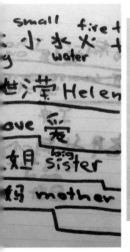
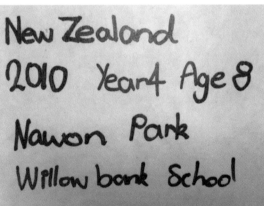

봄날의 일탈

중학교 3학년 때 친한 친구 무리가 있었어. 모두 12명이었는데 2학년 때 친구가 된 우리는 3학년 때 한 반에 두세 명 정도 같은 반이 되었어. 쉬는 시간에는 복도에서 모이기 일쑤였지. 학기 초에 학교에서 동아리를 정하게 되었는데 고등학교와 다르게 중학교 때는 선생님이 정해진 동아리에 들어가는 거였지. 근데 꼭 한 반에 두 명씩 들어가야 한다더라고. 그래서 우린 경쟁률을 줄일 방법을 찾았지. 신청자가 별로 없는 동아리를 찾는 거야. 그리고 우리는 딱 맞는 동아리를 찾았어.

바로 일본어를 가르치시는 정명수 선생님의 일본어 동아리였지. 물론 일본어에 관심이 있어서 들어가자 한 친구는 없었지만, 담당 선생님이시던 정명수 선생님이 좋아서 우린 다 같이 그 동아리에 들어가기로 했어. 하지만 정원이 한 반에 두 명인 탓에 12명 다 들어오진 못했어. 그래도 8명이 들어오게 됐지. 역시 신청자가 많이 없었던 만큼 동아리 총인원이 13명인가 그랬어. 그리고 모인 첫 동아리 날에는 정말 시끄러웠지. 선생님께서는 한탄하셨어.

"너넨 도대체 왜 내 동아리에 들어온 거야?"

그리고 우린 답했어.

"쌤이 좋아서요!"

선생님께선 학교 근방에 사셨는데 하교할 때 지하철에서 마주칠 때마다 너무 싫어하시던 그 표정 아직도 생각난다. 너무 그리운걸.

동아리 인원을 다 정하고서 동아리 첫 전일제 날이었어. 다른 과학 동아리는 케이크의 질량과 부피를 측정한다며 시내에 케이크를 만들러 가는데 우리는 선생님 동네에 도서관을 간다는 거야. 그래서 우린 선생님께 우리도 재밌는 걸 하러 가자 했지만, 선생님이 동아리와 관련된 활동을 해야 한다는 거야. 우리는 그럼 일본을 가자, 일본식 튀김 텐뿌라를 만들러 가자, 타코야키를 만들러 가자 등등 많은 의견을 냈어. 다들 도서관을 가고 싶진 않으니까. 그래서 우리 의견이 반영되었을까?

물론 턱도 없는 소리였고 결정된 상황이니까 도서관에 가긴 갔지. 하지만 길치들이 모여서 가는 길이 멀더라고. 사실 내가 가 본 적 있어서 길을 안다고 설쳐서 돌아가느라 늦었어. 지금도 길치인 나를 위해 많이 배려해 주는 친구들아, 정말 고마워. 출석 체크를 할 때 선생님께선 도서관 밖에 나가지 말고 2시간 후에 다시 보자고 하셨지. 하지만 선생님이 가시자 우린 바로 도서관을 탈출했어. 그땐 봄이어서 율하엔 벚꽃이 만발한 상태였어. 벚꽃 핀 길에서 사진도 찍고, 동전 노래방에 가서 신나게 놀았지. 지금 생각해 보면 선생님 힘들게 하지 말고 말 좀 들을 걸 싶어. 하지만 덕분에 친구들과 행복한 추억을 만들었어.

꿈꾸는 우리는

고등학생이 되고 언젠가부터 난 현실적으로 생각하기 시작한 것 같아. 내가 무엇이 되고 싶다, 나는 커서 정말 이런 게 하고 싶다 막연히 꿈꿨던 지난날과는 다르게. 꿈을 꾸기보다는 대학 진학이 인생의 목표가 된 것 같이 말이야. 물론 인문계 고등학교를 오면서 어느 정도 각오한 거긴 해. 큰 꿈을 꾸기보다는 내가 원하는 학교, 학과에 들어가는 것. 하지만 어렸을 때 나는 꿈이 정말 많았어. 너무 많아서 매주 바뀔 정도였지. 꿈이 많아서 뭘 해야 할지 고민일 시절이 있었어. 선생님, 변호사, 심리학자, 경찰, 방송작가까지. 내가 예쁜 외모와 큰 키를 가졌거나 다른 재능이 있었다면 더 다양했겠지.

중학교 때까지 이런 꿈을 꾸다 졸업을 하게 되고 고등학교 1학년이 되어 내 진로에 대해 다시 생각해 보았어. 고등학생이 됐으니 길을 확실히 잡아야겠다고 생각했지. 그러다 어릴 때 단순하게 생각했던 심리학에 관심이 다시 생기더라고. 결국, 고1 때 내 꿈은 임상 심리전문가였어. 뭔가 있어 보이지? 사람 대 사람으로 얘기한다는 것, 그게 되게 매력 있어 보이잖아? 그래서 당시에는 심리학과에 들어가는 걸 목표로 했지. 동아리도 또래 상담동아리에 들어갔는데 말이야. 하지만 고1 때 새 학교에 들어온 나는 친구 문제와 고등학교에 적응하는 것에 힘든 일이 많았거든. 중학교 때는 생각하지도 않은 것들이 한꺼번에 오니까 부담감이 커지더라고. 그때 난 생각보다 내가 정신력이 약하다는 걸 알았어. 강한 척, 아무렇지 않은 척은 제일 잘하지만 혼자 있을 땐 하염없이 무너지더라고. 나는 내가 감정 조절을 꽤 잘한다고 생각했는데 어쩌다가 한 번씩은 감정을 주체하지 못하게 되니까 내 유리멘탈로 마음이 아픈 사람을 치료할 수 있을까 하고 괜히 무섭더라고. 난 심리상담사도 의사와 같은 사명감을 가지고 일해야 한다고 생각해. 심리학과 진학을 포기하고 내 인생 처음 꿈이 없이 방황하던 시기가 되었어. 목표가 사라지니까 의지가 없어지는 거 있지.

고등학교 1학년 땐 진로를 찾는데 온갖 힘을 쏟았지. 목표가 생기지 않으니 공부를 할 수 없었어. 그러다 내 재능을 발휘할 과를 찾다 무역학과에 관심을 가졌지. 덕분에 다시 목표가 생긴 것 같아 마음이 편해지더라고. 하지만 이번에는 어릴 때처럼 쉽게 바뀌지는 않을 것 같아. 그 이유가 대입이라는 시시한 이유이지만 말이야.

내 이야기의 가장 큰 오점을 알겠어? 난 꿈을 진로라는 울타리 안에 제한해 왔어. 내가 진정으로 꿈꾸는 것은 그게 아닐 건데 말이야. 대부분의 또래 친구들이 아직 자기 자신에 대해, 자기의 꿈에 대해 잘 알지 못하는 것 같아. 나도 아직 찾지 못했지만 나는 내가 언젠가 진정으로 원하는 꿈을 가질 거라고 믿어. 청소년기는 꿈꾸는 시기라는 말도 있잖아.

그래서 말인데, 너는 지금 어떤 꿈을 꾸고 있어?

인정받지 못했을 때 이 시 어때?

> "
> 그 꽃 한 송이 피우기 위해
> 뿌리는 얼마나 애를 쓰고 줄기와 이파리는 또 얼마나
> 울고 불며 매달리고 달래며 그랬을 것이냐
> "
>
> – 나태주, 「뿌리의 힘」[12) 중에서

뿌리는 땅속 깊이 박혀 흙의 영양분과 물을 흡수하는, 꽃에 있어 필수적인 부분이다. 꽃은 그 자체로 아름답고 완전하지만 뿌리를 자르면 시들어버리고 만다. 나는 이 뿌리가 꽃의 중심이라고 생각한다. 그에 비하면 꽃은 노력에 대한 결실일 뿐이다. 현재를 살아가는 고등학생들은 자신이 실패했다고 느낀 적이 있을 것이다. 더 이상 희망이 없다고 생각했을지도 모른다.

하지만 피어난 꽃이 무엇이든, 그것이 밟혀 쓰러졌더라도 꽃을 피워내기 위한 뿌리의 노력은 무시 받아서는 안 된다. 이번 봄에는 예쁜 꽃을 피우지 못하고 져버렸더라도, 겨울이 지나면 다시 봄이 오기 마련이다. 그때 뿌리가 건재하다면 반드시 예쁜 꽃이 필 것이라고 믿는다.

12) 나태주, 2019, 『마음이 살짝 기운다』, RHK

좋아하는 사람이 생겼을 때 이 시 어때?

> "
> 일부러 시작할 수도 없고
> 그치려 해도 잘 그쳐지지 않는
> "
>
> - 박준, 「울음」[13] 중에서

　나는 정이 많은 사람이다. 사람을 좋아하지만 인간관계에 지치는 모순적인 사람. 중학교 때까지의 나는 사람의 좋은 점만 보려 했다. 내가 잘해 주면 그 사람도 나를 좋아해 주리라 굳게 믿었다. 하지만 실상은 그렇지 않았다. 내가 좋아했던 사람이 사실 뒤에서 내 얘기를 하고 다녔다는 것을 알았을 때, 나와 사이가 좋지 않았던 사람과 관계를 회복하려 노력했지만 결국 그 사람은 나를 싫어한다는 것을 알게 되었을 때, 사람을 쉽게 좋아해서는 안 되겠다는 생각이 들었다.

　하지만 사람 마음이 생각처럼 되지는 않는다. 감정을 이성으로 다룰 수 있을까? 난 어렵다고 본다. 수차례 이성적으로 생각해서 그 사람은 아니라고 하지만 계속 생각나는 마음처럼, 자연스럽게 스며들다가 다 적셔버리는, 좋아하는 마음은 울음과도 같은 것이 아닐까?

---

13) 박준, 2017, 『운다고 달라지는 일은 아무것도 없겠지만』, 난다

힘들 때 이 시 어때?

"
한때 나를 살렸던 누군가의 시들처럼
"

- 나태주, 「나의 시에게」[14] 중에서

중학교 때의 난 힘든 일을 혼자 감내하는 성격이었다. 남의 이야기를 들어주고 공감하기는 잘하지만 오히려 내 이야기는 아끼는 아이였다. 내 감정을 표현함으로 나의 아픔을 넘겨 주는 것에 마음이 무거웠다. 괜찮았다. 울음이 많은 편도 아니기에 혼자 꾹꾹 눌러가며 참아 낼 수 있었다. 엄마가 아프기 전까지는. 어른들의 그 어떤 위로를 들어도 슬픔이 해소되지 않았다. 이런 상황에 '괜찮아.', '힘내.', '다 잘될 거야.'라는 뻔한 말은 하나도 와 닿지 않는다. 친구들의 위로도 와 닿지 않을 것 같아 그 누구에게도 말하지 않았다. 나중에 사실을 알게 된 친구들은 함께 울어 주며 공감해 주었다. 친구들은 뻔한 말을 하는 대신 공감해 주었다. 그 일이 있는 후, 힘들 땐 친구들에게 얘기하며 마음의 짐을 내려 놓곤 한다. 그리고 엄마는 수술을 성공적으로 마쳐 건강을 완전히 회복하신 상태이다.

이 구절을 읽고 말 백 마디보다 글 한 줄이 더 위로되었던 그때가 생각났다. 나태주 시인의 시처럼, 그 마음처럼, 나의 글이 당신의 얼굴에 한 번이라도 미소를 머금게 했으면 그것만으로도 이 글은 충분한 가치를 지닌 것은 아닐까?

14) 나태주, 2019, 「마음이 살짝 기운다」, RHK

마치며

　2019년 4월부터 시작했던 나의 글쓰기. 첫인상은 나쁘지 않았다. 중학교 2학년 때 서평을 쓴 것이 우수작으로 뽑혀 '열다섯스러움'이라는 제목의 책을 만든 경험이 있어서일까. 글을 쓰는 것은 어려웠지만 해 내고 나서 성취감과 뿌듯함에 좋은 기억으로 남아 있다. 그래서 자서전 쓰기라는 활동에 두려움은 없었다. 오히려 친근하게 느꼈다. 소재를 고르는 데도 오래 걸리지 않았다. 글을 쓸 때도 술술 써 내려 갔다. 내 이야기를 성공적으로 써 낼 수 있을 것 같은 안일한 마음을 가졌다. 하지만 삭제와 수정을 반복하며 이번 활동이 단순한 것이 아님을 느꼈다. 처음에는 단순히 써 냈던 글을 책으로 출판한다는 소식에 좀 더 완벽하게 쓰고 싶다는 욕심이 생겼다. 시간이 흐르며 글에 애정도 생겼다. 그래서 봄에서 겨울이 된 지금까지 글을 쓰고 있다.

　하루하루 글을 쓰며 성장하는 내 모습을 발견하였을 때, 이번 활동을 통해 얻은 것이 '나'에 대한 성찰임을 알게 되었다. 나의 이야기, 생각을 글로 담아내며 나의 색은 더 선명해졌다. 글을 마치며, 다시는 오지 않을 열여덟을 열심히 살아온 나에게 아낌없는 박수를 보내고 싶다. 그리고 말해 주고 싶다. 지금 이 열정, 마음가짐 그대로 세상을 살아가라고.

사랑하는 이들에게 보내는 편지

WRITING / DRAWING 박지호

박 지 호

소중하고 친한 사람들에게

장난도 많고 말도 많지만

애정 표현은 부끄러워 잘하지 못했다.

오늘만큼은 사랑하는 사람들에게

용기 내어 따뜻한 마음을

전해 주어야지

더없이 빛나는 엑소에게

지금은 2025년. 엑소를 뒤로 한 채 바쁜 현실을 살아가는 중이다. 지친 하루 싹 잊게 엑소 한 번만 봤으면 했는데 올해 완전체로 컴백한 엑소가 단독 콘서트를 한다는 소식을 들었다. 낮에는 팀플 과제와 취업 준비, 저녁엔 알바, 새벽에는 시험공부를 하며 틈틈이 콘서트를 위한 만반의 준비를 했다. 티켓팅에 실패할까 봐 티켓 구매 대리인도 3명이나 섭외하고. (스탠딩으로 성공했다.) 멤버들을 잘 보기 위해 굽이 20cm인 신발도 맞춤 제작하고 망원경과 전하고 싶었던 말을 담은 편지도 챙겼다.

콘서트 전날에는 설레는 맘에 잠이 오지 않아 밤을 꼬박 새웠다. 피곤한 몸을 끌고 콘서트장에 도착해 엑소엘들과 엑소에 관한 이야기꽃을 피우기에 여념이 없었다. 원래 부끄럼 많고 소극적인 성격이지만 엑소 이야기할 때는 그런 거 생각도 안 나더라.

얼마나 기다렸을까. 드디어 엑소가 등장하였고 콘서트가 시작되었다. 엑소를 본 우리는 모두 한마음이 되어 있는 힘껏 소리를 질렀다. 목 터지게 소리를 지르면 며칠 고생할 게 뻔했지만 조금이라도 더 크게 소리 지르지 않으면 설레어 쿵쾅대는 심장이 금방이라도 터질 것 같았다.

이번 콘서트는 시간 여행을 주제로 한 콘서트라 올해의 신곡부터 차근차근 옛날 노래까지 순서대로 공연이 진행되었다. 예전 노래들을 들으며 이만큼의 세월 동안 엑소를 좋아해 왔다는 것에 놀랐고, 여전히 한없이 다정하게 우리들을 바라보는 엑소를 보고 있자니 마음이 울렁였다.

무대를 볼 때마다 속상하고 슬펐던 날들, 행복하고 자랑스럽던 날들, 감동적이고 따뜻했던 날들이 하나씩 하나씩 떠올랐다. 바쁜 개인 스케줄에도 자신들의 근본은 엑소이니 언제나 엑소 활동이 최우선이라고 걱정하지 말라며 해 주던 말도 생각났고 팬들이 부당한 대우를 받거나 속상한 일이 있었을 때 다 알고 있다며 진심을 꾹꾹 눌러 담아 위로해 주던 말도 떠올랐다. 이제껏 받은 상의 무게에, 팬들이 준 사랑에, 사람들의 관심과 기대에 걸맞게 항상 초심 잃지 않겠다 말하던 것도 떠올랐다. 보컬 선생님을 찾아다니고 꾸준히 트레이닝을 받던 것이 그 말을 지키기 위해서였던 걸까. 이런 멋진 무대를 준비해 준 엑소가 너무 고맙고 멋있고 예뻤고 감동적이어서 공연을 보는 내내 눈물이 멈추지 않았다.

　길지만 짧았던 콘서트가 끝이 나고 집으로 가는 버스 유리창에 피곤한 몸을 기대며 생각했다. 오늘만큼 여운이 남는 콘서트는 없을 것이라고. 평생 잊지 못할 감동적인 무대를 보여준 엑소에게 고맙고 행복했다고. 또 앞으로 더 바빠지더라도 엑소를 계속 응원하고 사랑하는 마음, 절대 변치 않을 것이라고.

　엑소를 좋아한 건 내 인생에서 있어 정말 잘한 일이야.

평생 함께하고픈 친구들에게

2010년 5월 6일 목요일 맑음 | 제목 : 정말 짜증나고 속상한 날

오늘도 어김없이 려경이랑 싸웠다. 려경이랑 싸우면 내가 좋아하는 세이랑 노는 시간이 없어지는데 눈치 없게 려경이가 자꾸 우리 사이에 끼려고 한다. 물론 세이는 려경이도 좋고 나도 좋겠지만 나에게 있어서 려경이는 세이와 나의 행복한 시간을 방해하는 방해꾼일 뿐이다.

나는 초등학교 2학년 때 전학을 오게 되면서 처음으로 세이와 만났다. 같은 반이었던 세이는 착하고 수업도 열심히 듣고 선생님이나 친구들에게 친절해서 수업시간, 쉬는 시간 할 것 없이 언제나 많은 친구들에게 둘러싸여 있었다. 그런 세이를 항상 멀리서 바라보며 친해지고 싶다고 생각했다. 세이에게 잘 보이고 싶어 예쁜 스티커도 사고 정성스레 종이접기도 해서 이것저것 선물했다. 열 번 찍어 안 넘어가는 나무 없다고, 끝없는 노력 끝에 세이와 친해져서 하교도 같이 하고, 문자도 자주 하고 매일매일이 하늘을 나는 기분이었다.

그런데 나와 세이의 행복한 시간은 올해부터 산산조각이 났다. 1학년 때부터 세이와 친하던 홍려경이란 애가 우리와 같은 반이 됐기 때문이다. 세이랑 또 같은 반인 건 좋았지만 려경이와 같은 반인 것은 싫었다. 항상 나랑 세이랑 재미있게 놀고 있을 때 와서는 같이 놀려 하는데 세이랑 친한 친구니까 노는데 끼어들지 말라고 짜증내지도 못하고 정말 밥맛이었다.

뭐, 이 정도는 착한 내가 그냥 넘어가지만! 오늘 같은 날은 정말 참을 수 없었다. 보통 나는 세이랑 둘이서만 있고 싶어도 참고 려경이도 챙겨 주려고 한다. 려경이도 조금은 그러려고 하는 것 같았는데 오늘따라 세이랑 둘이서만 붙어 다니고 날 찾지도 않는 거다. 조금만 그랬으면 참았겠지만 점심시간 전에도, 과학실이랑 도서관으로 갈 때도, 둘이서 무슨 이야기를 그렇게 재미있게 하는지 나는 안중에도 없고, 려경이에게도 화가 났지만 세이도 정말 너무했다. 내가 평소에 세이를 좋아하는 티를 얼마나 내는데 나를 내버려 두고 려경이랑만 재미있게 이야기한단 말인가! 내가 둘에게 말을 안 하면 화난 것을 알아챌까 싶어 계속 아무 말도 안 했더니 학교 마칠 때쯤이 돼서야 겨우 눈치챈 것 같았다. 정말 실망이다! 흑흑.

화가 나니까 놀고 싶지도 않고 학교 마치고 바로 집에 가려고 했는데 뭐 때문에 화가 났냐며 붙잡는 둘 때문에 집에 가지 못했다. 뭐 때문에 화가 난 건지 먼저 이야기하기도 싫었고 답답하고 속상했던 마음 너희도 한 번 느껴보라지 싶어 입을 꾹 다물고 창밖만 바라봤다. 혼자 분을 삭이며 아까 일을 생각하는데 어찌나 서럽던지 참았던 눈물이 나더라. 1시간 내내 아무 말도 안 하고 혼자 울고만 있으니 답답했는지 려경이가 그만 좀 울고 왜 화가 난 건지 이야기하라며 짜증을 냈다.

어이가 없었다. 자기도 며칠 전에 화났을 때 계속 울고 말 안 했으면서! 심지어 그때는 내가 세이와 둘이서만 세이 집에서 놀았다는 이유로 화냈으면서 오늘은 나 빼고 둘이서만 이야기하고! 울컥 터진 분노에 며칠 전부터 참았던 다른 일들과 함께 오늘 일을 이야기하니 려경이도 질세라 참아왔던 일들을 이야기했다. 속상했던 일들을 떠올리니 어찌나 슬프던지, 엉엉 울면서 한창 싸우고 있는데 세이가 우리 옆에서 빙빙 돌며 한숨을 폭폭 쉬는 것이 아닌가. 따지고 보면 권세이가 제일 잘못했다! 우리 둘 모두 잘 챙겨 주고 공평하게 대하면 될 텐데 그러지 않아서 일어난 일이지 않은가? (이제 권세이 조금만 좋아할 거다. 흥.) 세이에게 너도 정말 너무한다며 화를 내자 려경이도 함께 화를 내었다.

갑작스러운 불똥에 세이는 당황한 듯했지만 곰곰이 생각하는 것 같더니 금방 미안하다고 사과했다. 어쩌다 만들어진 화해 분위기에 려경이랑 나는 서로 눈치를 보다 미안하다며 사과했다. 다시는 안 볼 것처럼 바락바락 싸우다가 화해하니 뭔가 머쓱해져 어색하게 하하 웃고서 집에 왔다.

아, 근데 일기 쓰면서 생각하니까 또 짜증이 나네. 몰라, 이번에는 내가 참아주지 뭐. 다음번에 또 싸우면 사과 안 해야지. 싸우는 것도 피곤하고 눈도 퉁퉁 부어서 해질 때쯤 집 가는 것도 한두 번이지 정말. 매일매일 이러는 것도 지친다. 이게 다 홍려경, 권세이 때문이야! 둘이 잘 때 이불 안 덮어서 감기 걸렸으면 좋겠다. 흥.

멋진 나의 경상 친구들에게

4월 중순, 이 학교로 전학을 온 지 두 달이 되어간다. 사실 작년까지는 전학을 올 것이라 생각하지 못했다. 집이 동문과 가까워 동문으로 배정될 가능성이 무척 높았는데 나와 사이가 좋지 않은 친구들이 간다고 하여 정말 가고 싶지 않았다. 그래서 집과 먼 경상여고를 지원하였다.

나의 간절함이 전해졌던 걸까. 융합반 과정으로 경상여고에 입학하게 되었다. 처음엔 같은 중학교를 나온 친구가 거의 없어 설레고 기대되었는데 막상 학교를 다녀 보니 내가 생각했던 학교와는 전혀 달랐다.

중학생 때는 공부를 열심히 안 해도 성적이 잘 나오길래 내가 공부를 잘하는 줄 알았다. 그런데 여기 와 보니 그런 생각을 했던 내가 한심하고 창피하더라. 모의고사에서 전 과목 1등급을 받은 친구들, 고등수학 과정 예습을 이미 끝낸 친구들, 2등급을 받고 자신이 한심하다며 우는 친구들까지 나와는 전혀 다른 세상을 사는 사람들 같았다. 처음에는 친구들이 얄미워 보이고 그저 부럽기만 했다. 하지만 학교 수업, 야자, 기숙사 생활을 함께 하며 관찰해 보니 친구들이 그만큼 정말 열심히 공부한다는 것을 알게 되었다. 남들보다 훨씬 더 많이 공부해 왔음에도 만족하지 않고 끊임없이 노력하고 있었다.

그제야 내가 친구들만큼 노력해 본 적도 없으면서 성적은 그 친구들만큼 잘 나오길 바라고 있었다는 것을 깨달았다. 친구들과 지내며 좋은 점을 본받으려 노력했고 힘들고 지칠 때 서로 고민을 털어놓고 응원을 하며 버팀목이 되어 주었다. 내게 중요한 것이 뭔지 느끼게 해 주고 동기

부여가 되어 주는 친구들에게 고맙고 또 고마웠다.

1학기 때 망친 성적을 보고 2학기는 정말 이러면 안 되겠다 싶어 더욱 열심히 했다. 2학기 때는 성적이 정말 많이 올라 상도 받았다. 앞으로는 더 잘할 수 있을 것이라 생각했다. 하지만 겨울 방학 때 이모 댁에서 공부를 하면서 깨달았다. 내가 가고 싶은 학과를 가기 위해서는, 이루고 싶은 꿈을 이루기 위해서는 경상에 있으면 안 된다는 것을.

그래서 전학을 가기로 결심했다. 정들어 버린 학교를 이렇게 떠날 거면 처음부터 오지 말걸, 후회도 했다. 또 좋은 친구들과 헤어져 낯선 학교로 가 새로 적응해야 한다는 것이 두려웠다. 하지만 이런저런 이유로 전학을 미루어 내가 꿈꾸던 일들을 하지 못하게 되는 것이 더 싫었다. 결국 담임 선생님과 면담을 한 후, 서류를 작성하고 오랫동안 친한 사이였던 친구들에게 말했다.

하지만 정작 우리 반 친구들에게는 한마디도 하지 않았다. 아니, 하지 못했다. 전학을 간다고 이야기하려 하면 말을 시작하기도 전에 친구들에게 미안하기도 하고 슬픈 마음에 울기만 할 것 같았다. 그래서 꾸역꾸역 미루다 1학년의 마지막 날인 종업식에 말했다. 아니나 다를까 눈물부터 나와서 끅끅거리며 말하긴 했지만 친구들이 다른 학교 가서는 더 잘할 수 있을 거라며, 가서 좋은 친구들 많이 만나고 나중에 다 같이 만나면 되지 않느냐며 우는 나를 위로해 주었다.

전학을 오고 나서는 걱정했던 것과 다르게 좋은 친구들도 많이 사귀게 되었고 좋은 선생님들도 만나 잘 적응할 수 있었다. 나를 도와주고 응원해 줬던 경상 친구들을 생각해서라도 정신 차리고 열심히 살아야지. 나도 친구들도, 원하는 꿈을 이루어 웃으며 다시 만나길 바라본다.

사랑을 담은 막내에게

　나는 어릴 때 아빠 동물 병원에 오빠와 자주 놀러가고는 했다. 빙글빙글 돌아가는 의자에 앉아 오빠와 놀면서 다양한 손님들을 구경하는 것이 재미있었다. 멧돼지 사냥을 하다 다친 사냥개, 한 품에 쏙 들어올 작은 아기 고양이, 나만큼 커다란 강아지, 교통사고를 당해 다리를 다친 고라니도 보았다. 예쁘고 귀여운 동물과 함께 사는 사람들이 행복해 보였고 부러웠다. 나도 동물을 키우면 같이 낮잠도 자고 맛있는 음식도 먹이고 행복하게 해 주고 싶다고 생각했다.

　그러던 어느 날, 아빠 사무실에 어떤 손님이 찾아와 자신이 새로 살게 된 집에 낯선 고양이가 있다며 키울 사람을 찾고 있다고 하였다. 애완동물을 기르고 싶다며 노래를 부르던 우리 생각이 나신 건지 아빠께서는 그 손님께 자신이 그 고양이를 데려가 키우겠다고 하셨다.

　엄마는 털도 많이 날리고 밥도 주고 화장실도 치우고 할 일이 많다는 이유로 반대가 심하셨지만 고양이를 키우고 싶은 간절함에 나와 오빠가 모든 일을 하겠다고 걱정하지 말라며 엄마를 설득시켰다.

　고양이가 처음 우리 집에 온 날, 케이지를 열고 불안한 눈빛으로 우리를 탐색하던 막내가 생각난다. 아, 고양이의 이름은 막내다. 오빠가 제일 어린 우리 집 새 식구라며 지어 줬다. 막내는 처음 본 우리가 낯설고 무서운지 우리를 피해 케이지에서 나와 후다닥 베란다를 향해 전력 질주를 했다. 그런데 막내가 유리창을 보지 못했는지 머리를 창에 세게 박아 쿵 소리가 났다. 휘청거려 아픈 건 아닐까 걱정이 되었지만 엉뚱한 행동이 너무 귀여웠다.

막내 키우는 것을 반대하셨던 엄마는 작고 귀여운 막내를 보고서는 정말 좋아하셨다. 처음에는 다가가도 위협적인 목소리로(나름대로 무서운 척한 것 같은데 우리에게는 마냥 귀여워 보였다.) 야옹거리고 불안한 눈빛을 보이며 구석으로 도망가기 일쑤였는데 계속 막내에게 말을 걸고 다가가니 나중에는 내게 먼저 다가와 장난도 치고 침대에 올라와 함께 자는 사이가 되었다.

막내는 학교를 갔다 오거나 친구를 만나 늦게 들어가는 날이면 현관문 소리가 나기 무섭게 달려와 나를 반겨준다. 막내는 나를 잘 따라다녀서 주로 내 방에 있지만, 가끔 예외가 있다. 바로 아빠가 회를 드실 때이다.

아빠가 오실 때는 내색도 않던 녀석이 생선 냄새는 기가 막히게 맡아 아빠 옆에 앉아 회를 기다릴 때면 아빠께서는 먹을 때만 찾아온다며 툴툴대시면서도 항상 회를 챙겨 주신다.

막내는 내가 샤워를 하러 화장실에 가면 사라진 나를 찾으려 야옹야옹 울며 집안을 돌아다닌다. 샤워를 끝내고 화장실 문을 열면 문 앞에 식빵 자세로 앉아 나를 기다리고 있는 막내가 보인다. 인터넷에서 보았는데 위험한 상태에 대처하기 힘든 무방비한 주인을 위해 하는 행동이라고 한다.

또 막내는 나와 술래잡기 놀이하는 것을 좋아하는 데 후다닥 도망가서 조그만 화분 뒤에 숨고는 내가 오는지 안 오는지 유심히 살핀다. 화분이 너무 작아 막내의 머리만 겨우 가리는 정도인데 막내는 그걸 잘 모르는 것 같다. 아, 이 글을 쓰는 지금도 막내는 내 옆에 있다. 골골대며 잠을 자면서. 🌸🌸

그 시절 힘들었던 나에게

중학교 3학년 때, 나는 왕따를 당할 뻔한 적이 있다. 그 당시 나와 무리처럼 함께 다니던 애들이 있었는데, 그중 세모(가명)랑 말다툼을 한 적이 있다. 나와 친한 후배가 그 애를 비롯한 다른 애들과 밥을 먹고 있었는데 나랑 같이 점심을 먹고 싶다며 앞자리에 앉아도 되냐고 묻는 것이었다. 다른 애들 몇 명은 사정이 있어 먼저 교실로 간 상태였고 오랜만에 보는 거라 같이 먹자며 앉으라고 했다. 근데 그 애가 앉으려고 하니 세모가 나와 그 애를 번갈아 노려보는 것이었다. 실은 그 후배가 자기 마음에 들지 않는다며 내 앞에서도, 다른 애들 앞에서도 험담을 한 적이 있었다. 내가 좋아하는 애한테 함부로 말하며 눈치 주는 것을 보니 화가 났고 그만 좀 하라고 한마디 했다. 그것이 화근이었다.

그날, 그 애는 나를 제외한 무리 애들을 모아 나에 대한 험담을 늘어놓았고 다음날 그 애들 모두가 갑자기 나를 무시하고 꼴아 보며 지나치는 것이었다. 뭔가 이상하다 느낀 나는 점심을 먹고 그 애들과 이야기를 해 보기로 했다. 예상대로 그 애들은 어제의 일에 대해 모든 잘못이 내게만 있는 것처럼 이야기했다. 너무 황당하고 어이가 없어 말문이 막히는데 여럿이서 나를 둘러싼 채 나쁜 말을 한마디씩 하니 배신감과 분노에 억장이 무너졌다. 무리 중 나와 가장 친한 친구가 있었는데 그 애조차도 아니, 그 애가 나에게 가장 심한 말들을 퍼부었다. 네가 뭘 잘 했다고 그렇게 우냐고, 네가 나랑 친하다고 해서 내가 네 입장을 들어줘야 하는 거냐고, 원래부터 내가 별로였다는 등 내게 상처가 될 말만 골라 퍼부었다. 화가 나고 어이가 없는데 믿었던 친구에게서 절대 듣고 싶지 않았던 말을 들으니 마음이 아파 꺽꺽대며 미친 듯이 울기만 했다. 계속해서 나쁜 말을 하는 친구들 사이에서 아무 말도 못 한 채 혼자 우는 게 너무 속상해서 그 자리를 도망쳤다.

하교 후 마음을 가다듬고 다시 연락해 보았지만 돌아오는 말은 그때 들은 말보다 더 차갑고 나쁜 말뿐이었다. 그 후 일주일을 내내 울었다. 수업 시간에 엎드려 울고 화장실에서 숨어 울고, 집 가는 길에 울고, 이불 속에 들어가 밤새도록 울고, 정말 하루 종일 울었던 기억밖에 없다. 힘들어하는 나를 보다 못한 친구들이 그 애들에게 대신 화를 내고 욕을 했다. 발이 넓고 친한 사람들이 많은 친구들이라 그 애들을 욕하는 애들이 많아졌고, 상황이 자기들에게 불리하게 돌아간다고 느꼈는지 갑자기 내게 와서 친한 척을 하는 것이었다.

그때 그 애들에게 화를 내고 차갑게 내쳤어야 했는데. 자신들이 왕따 시키려고 한 것이 아니었다는 것을 남들에게 보여 주기 위한 수단임을 뻔히 알았지만 더 힘든 일을 당하게 되는 것은 아닐까 두려워 상처 난 내 마음을 모른 척 한 채 그 애들이 친한 척을 하면 아무렇지 않은 척 웃어 주고 말을 받아주고 그대로 이용당했다. 그렇게 내 마음을 숨겼다. 아프고 상처받은 마음을 뒤로한 채 가식적으로 웃고 괜찮은 척하는 내가 역겹고 원망스러웠으며 내 행동을 보고서는 잠시 멀리했던 그 애들과 다시 친하게 지내는 내 친구들을 보고서 또다시 상처를 받고 혼자 아파했다.

그 일이 있고 난 후로부터는 SNS나 카톡을 하는 것이 힘들어졌다. SNS를 켤 때면 혹여나 그 애들의 게시물이 있지는 않을까, 자기들끼리 저격 글을 올리며 조롱하고 있지는 않을까 불안했고 카톡을 할 때면 모질고 배신감 드는 말들을 아무렇지 않게 뱉던 그 애들의 말이 나를 괴롭혔다. 또 우리 반이나 옆 반 외에는 나가는 것이 꺼려졌고 그 애들과 함께 내 험담을 했을까 봐 다른 친구들과 가벼운 인사조차 하지 않았다. 밖에 나가면 마주칠까 봐 되도록 집에만 있었고 혼자 있을 때면 자꾸 그 일이 생각나 이불 속에 들어가 울거나 억지로 잠을 청했다. 또 갑갑하고 공허한 마음이 들 때면 달고 매운 것들을 꾸역꾸역 먹어대며 잊으려 했다.

매일매일 우울하게 지내다 보니 그런 생각도 들었다. 아. 난 원래 이런 애였나. 어둡고 다가가기 힘들고 비겁한 애니까 그 애들이 싫어한 건가. 같이 다니기 싫었는데 눈치 없이 계속 붙어 있으니까, 그래서 따돌리려 한 거였나. 아주 잠깐 들었던 생각이었지만 무의식적으로 그런 생각을 한 내가 너무 무섭고 두려웠다. 계속 이렇게 살다가는 정말 정신이 이상해질 것 같았다.

그래서 아무 일 없던 것처럼 아무것도 생각하지도, 느끼지도 말자 다짐했다. 다행히 중학교를 졸업한 후에는 고등학교 생활에 적응한다고 바빠진 터라 그 일에 대해 생각하는 일이 적어지게 되었다. 처음에는 다가오는 친구들에게 마음을 숨기고 정을 주지 않으려 했지만 매일 얼굴을 보고 같이 시간을 보내면서 좋은 친구들이라는 것을 깨닫고 조금씩 닫힌 마음을 열어갔다. 학기 초반에는 작은 농담에도 혼자 경직되어 억지웃음을 짓느라 힘들었다면 1학년이 다 끝나갈 때쯤엔 친구들에게 먼저 장난도 치고 함께 웃는 날도 많아졌다.

그렇게 계속 잊은 채 잘 지내면 좋았을 테지만 올겨울 갑작스레 전학을 결정하게 되었다. 마음 맞는 좋은 친구들을 뒤로하고 그 애들이 다니는 학교를 다녀야 한다고 생각했을 때는 정말 억장이 무너지는 것 같았다. 이루고 싶은 미래를 위해 내린 결정이니 꾹 참고 2년만 버티자고 생각했지만 여태껏 잊은 척, 없던 일인 척 외면하고 무시했던 마음이 한꺼번에 쏟아지고 있었다. 전학 결정 후, 방학 동안 그 애들에게 둘러싸여 나쁜 말을 들으며 울기만 하는 악몽을 매일 꾸었고 수학 문제가 눈에 들어오지 않아 잠이 온다는 핑계로 방에 들어가 7시간 내내 쉬지 않고 꺽꺽대며 울기만 했다.

힘들었다. 다 이겨낸 척 살고 있었는데 여전히 과거에 허우적대는 내가 미웠다. 그래, 이제 더 이상 외면하지 말자. 다른 사람들에게 이야기해 줄 순 없어도 적어도 나 스스로한테는 솔직해져야겠다고 다짐했다. 슬프고 울적한 기분이 들 때면 마음이 가라앉을 때까지 펑펑 울고, 화가 나고 답답한 기분이 들면 그 감정을 차근차근 일기장에 적어 덜어냈다. 또 나쁜 생각에 빠질 것 같을 때에는 정신 좀 차리라고 찬물로 세수도 하고 잠시 눈 좀 붙이고 심호흡도 하고, 외롭고 공허한 마음이 들 때에는 우울증이나 슬픔에 관한 책을 읽으며 구겨진 마음에 숨을 불어 넣었다. 불안한 마음으로 잠이 들 때면 모진 말이나 자책 대신 힘들었을 텐데 고생했다고, 앞으로는 괜찮으리라 스스로를 다독이고 위로했다.

전학 첫날, 학교에서 그 애들을 보았다. 그 애들은 그때 일을 다 잊었는지 해맑게 웃으며 내게 오랜만이라고 인사하였다. 처음에는 그 애들을 보면 몸이 덜덜 떨리고 당장 눈물이 날 것 같아 도망치고 싶었고 어떻게 저렇게 낯짝이 두꺼운지 의문이 들었고 내가 겪은 일들이 실은 나의 망상이었는지 의심하기도 했다.

하지만 학교에서 그 애들을 계속 보게 되니 무덤덤해졌고 이제는 별생각 들지 않는다. 내겐 소중하고 믿을 만한 사람들이 있으니까. 지나간 그 일을 생각하며 힘들어하기에는 더 중요하고 소중한 일들이 있으니까. 무엇보다도 이제 나를 외면하지 말자고, 계속 사랑해 주자 다짐하고 다짐했던 내가 단단해지고 강해졌으니까.

아픈 마음을 들여다보고 눈물로, 글로 펑펑 쏟아내고 조금씩 비어갈 때쯤 다른 것을 채워보기로 했다. 지난날에 사로잡혀 힘들어하기엔 내 소중한 시간이, 인생이, 멋지게 빛날 날들이 너무 아쉬우니까. 지금 쓰는 이 글이 그 일을 떠올리는 마지막 시간이길 바라본다.

어색하고 낯설 때 이 시 어때?

> "
> 거기,
> 거기 또 봄이 있을 거야.
> "
>
> - 박형진, 「봄」[15] 중에서

봄에 얽힌 시간들은 낯설고 어색하며 불편하기도 하지만 새로운 '시작'
이라는 느낌을 주어 나를 설레게 한다.

매년 느끼는 거지만 새 학기는 조금 버겁다. 작년에 붙어 다녔던 친한
친구들과 떨어져 새로운 친구들, 새로운 반에 적응해야 한다는 것이 부
담된다. 더군다나 친한 사이가 아니면 먼저 말걸기를 조심스러워 하고
쓸데없는 걱정만 많은 터라 친구들이 다가와도 어색한 웃음만 지으며 우
물쭈물하게 된다. 그러고는 집에 와서 왜 그런 말 했지, 왜 그렇게 행동
했지 엄청 후회한다. 나와는 영 맞지 않고 어울리기 힘든 친구들 같아
옛 친구들을 그리워한다.

하지만 힘들어했던 만큼 그때 진짜 어색했다며 툭 터놓고 편하게 이야
기할 수 있게 되는 것 같다. 내년도, 그다음 해에도 봄이 되면 여전히 어
색하고 낯설어하겠지만 시간이 지나 다시 돌아보았을 때 귀엽고 따뜻했
던 시간으로 남는다는 것을 이젠 아니까. 그래서 봄이 좋다.

15) 박형진, 1994, 『바구니 속 감자싹은 시들어가고』, 창비

엄마가 생각날 때 이 시 어때?

> "
> 그 얼굴에 웃음이 서글프다 그
> 얼굴에 웃음이 아름답다.
> "
>
> - 신경림, 「바위」[16] 중에서

　왠지 우리 엄마를 떠올리게 한다. 나와 엄마는 마음이 잘 맞아 함께 이야기를 나누는 시간이 많은데, 나의 사소한 학교생활부터 엄마의 기특한 제자 이야기까지 하나씩 이야기하고 나면 어느새 잘 시간을 훌쩍 넘겨 버리기도 한다.

　요즘 엄마와 이야기하는 시간이 엄청 줄어들었다. 이제 곧 고3이라 공부할 게 엄청 많아졌기도 하고 가끔 귀찮거나 이것저것 할 게 많다는 핑계로 엄마의 이야기를 잘 들어 드리지 못했다. 항상 미안하고 고맙고, 해드리고 싶은 말은 많은데 부끄럽다는 이유로 표현하지 않았다.

　오늘 한 번쯤은 용기 내어 사랑한다고, 고맙다고 이야기해야지.

　"고맙고 사랑해요, 엄마."

---

16) 신경림, 1998, 『어머니와 할머니의 실루엣』, 창비

글을 마치며

인생은 한 감정으로, 한 부분만으로 설명할 수 없다. 사랑스럽고 행복했던 일, 꿈처럼 두근거리는 일, 쓸쓸하고 아쉬운 일, 소중하고 눈부신 일, 아프고 힘들었던 일 등 수많은 시간이 존재하며 그 시간에 느꼈던 많은 감정과 생각들이 쌓이고 쌓여 나라는 존재를 만들어낸다.

이번 글을 통해 두 가지를 이야기하고 싶다.

첫 번째는 자신에게 있어 소중하고 아름다운 시간들에만 사랑을 주지 말고 조금은 아프고 힘들었고 부끄러웠던 시간들도 충분히 사랑해 주었으면 좋겠다. 완벽하진 않을지라도 좀 더 단단해지고 강해진 나 자신을 만들어준 시간들이니까 외면하지 말고 따뜻하게 보듬어 주었으면 한다.

두 번째는 자신에게 소중한 사람들, 사랑을 준 사람들에게 다시 사랑을 전해 주는 것을 쑥스러워하지 말고 서툴더라도 표현해 주었으면 한다. 사랑을 받음으로써 조금이라도 행복을 느꼈다면 그 행복, 작게나마 표현한다면 사랑이 오가는 따뜻한 세상이 되지 않을까.

행복한 나날을 위한 한걸음
– 함께의 행복

WRITING / PHOTO 손 수 진

손 수 진

받을 '수(受)', 별 '진(辰)'. 아빠가 지어 주신 이름이다.
책에 쓰려고 뜻을 물어봤지만 아빠가 뜻은 잘 모르겠지만
지을 때 좋다고 해서 지었다고 한다.
좋은 뜻이라고 하시니, 뭐 그렇게 믿기로 했다.

누구보다 마음씨가 곱고 온화한 성격을 가지고 있는 나지만
생긴 거는 무섭게 생겼다는 말을 가장 많이 들은 것 같다.
하지만 누구보다 밝고 활기찬 성격을 가지고 있다.
여행을 가장 좋아하고 취미는 영화 관람이다.

친구들과 함께 경주 여행

내가 중학교 3학년 여름 방학이었을 때다. 내가 제일 친했던 친구 7명이 있었는데, 그 친구들과 맨날 뻔하게 놀러가는 것 말고 다른 지역으로 놀러가자고 말하다가 진짜로 워터파크에 가게 된 것이다. 나는 친구들과 뻔하게 노는 것도 재미있어 했지만 그것은 내 일상에서 너무 지긋지긋한 일의 반복이었다. 그래서 우리는 계획을 완벽하게 짜고 경주에 있는 캘리포니아 비치에 갔다. 그날의 나의 감정은 들떠 있었고, 그 전날 밤은 설레어서 눈을 뜨고 밤을 지새웠다.

그날 아침에 태은이라는 친구 아버지와 우리 아빠가 우리 8명을 경주까지 태워 주셔서 편하게 차타고 캘리포니아 비치로 향했다. 정말 가는 내내 아빠 귀가 없어질 만큼 웃고 떠들고 아빠는 조용히 하라고 하고 우리는 신나서 조용히 하지도 않고 하하호호 잘 떠들면서 한 시간 후에 경주에 도착하였다. 하지만 친구 한 명이 늦게 일어난 바람에 혼자 못 들어와서 우리가 밖에서 기다리고 그 애가 조금 늦게 왔다.

원래 같으면 정말 화가 났을 법하기도 하였는데 그날엔 화도 안 내고 친구가 늦게 도착해도 웃으면서 반기고 줄을 서서 기다리고 탈의실로 가서 수영복으로 갈아입고 물에 뛰어들 준비를 하였다. 워터파크에서 학교 친구들을 봐서 파도풀에서 같이 놀게 되었는데 정말 물을 2리터는 마신 것 같다. 하루에 물 2리터를 마셔야 건강하다고 하니 긍정적으로 생각해서 몸에 좋은 거라고 여기기로 했다.

유수풀에 가서도 놀았는데 정말 캘리포니아 비치의 유수풀은 다른 곳과 비교할 수 없을 만큼 너무 재미있었다. 그리고 물놀이를 열심히 하던 우리는 허기지기 시작했고 뭘 먹을지 너무 고민되었다. 원래 수영하고 난 후에 먹는 밥은 무엇보다 맛있는 것은 남녀노소 다 아는 사실이기 때문에 우리는 점심 메뉴가 매우 중요하였다. 결론은 우리는 햄버거를 먹게 되어서 맛있게 먹고 다시 물속으로 풍당풍당 들어가서 물장구를 참방참방 치고 두 시가 넘어서 또 다른 친구들을 봐서 또 파도풀에 들어갔다. 원래 물을 무서워하는 나지만 내가 발이 안 닿는 곳까지 들어가서 파도에 맞춰 점프하면서 친구 손잡고 선글라스를 낀 채로 파도에 내 몸을 맡겨 잘 놀았다. 친구들과 가는 첫 물놀이는 완전 대성공이었다! 누구보다 재밌게 놀았고 수영장 물을 2리터는 넘게 마신 나는 그날 하루 아주 그냥 건강해졌을 것이다, 아마도.

그래도 그날 하루는 대구가 아닌 다른 지역으로 놀러가서 부모님의 계획이 아닌 우리들만의 계획으로 알차게 놀고 온 것 같다. 또한 친구들이랑 워터파크에 가게 되어서 너무 좋았다. 처음으로 간 친구들과의 여행이었는데, 누구보다 재밌게 놀았다. 그리고 그날 저녁에 대구에 안 가고 경주에서 하룻밤을 보내면서 유명한 빵인 찰보리빵도 먹었다. 다음 날 피곤에 찌든 채로 대구에 다시 돌아가게 되었다.

아빠와 함께 거제 여행

2019년 1월 22일에 아빠와 둘이서 거제도로 여행을 갔다. 엄마를 두고 아빠와 그렇게 둘이서 여행을 간 것은 처음이었다. 우리 일행 중에는 아빠 말고도 예전에 친했던 친구도 있었다. 그 친구는 아빠가 다니시는 축구 동호회 회원의 아들이다.

어렸을 때부터 같이 여행을 다니고 같이 밥도 먹고 그러면서 친해진 친구이다. 이 친구는 남자인데 나보다 키가 작고 멍청미가 남다른 그런 친구이다. 그래서 내가 맨날 때리고 괴롭히고 놀렸었다. 친구 이름은 이 글에 적기에는 조금 그러니까 양 씨라고 불러야겠다. 양 씨와 우리 가족, 걔네 가족은 내가 초등학생 때 많이 놀러가고는 했다. 그러나 중학생이 되고 엄마 아빠도 조금 더 바빠지고 중학생이 되어서 공부에 신경을 더 쓰고 그러다 보니 중학교 때는 잘 만나기 힘들게 되었다. 그래서 자연스럽게 양 씨와도 연락이 닿지 않게 되었고, 정말 가끔 1년에 한 번 만날까 말까가 되어 버렸다. 그래서 내 삶에서 양 씨는 다른 친구들이 많이 생기면서 묻히게 되었다. 그렇게 나는 중학생 때 학교 친구를 많이 만나게 되면서 연락도 안 하고 같이 만나지도 않으면서 양 씨와는 점점 멀어지는 도중에 중학교 3학년 때 'facebook'으로 연락이 오게 되었고, 다시 친해지고 멀어졌을 때 무엇을 하고, 어떻게 지냈는지에 대해 조금 더 이야기를 하게 되었다. 그렇게 나는 내 옛친구를 찾게 되었다. 말이 길어졌지만 양 씨는 이런 친구이다. 그렇게 양 씨랑 나랑 우리 아빠랑 양 씨 아빠랑 거제도 여행을 가게 된 것이다.

이제는 나의 거제도 여행기를 써 보도록 해야겠다! 대구에서 거제도까지 3시간 정도를 아빠 차를 타고 갔는데 거기 내려서도 배를 타고 들어가서 바다 위에 있는 수중 펜션에 갔다. 진짜 정말 바다 위에 있었다. 바다 위에 집이 있다니, 정말 신기한 광경을 보았다. 나는 그런 곳을 처음 가봐서 너무너무 신기했다. 눈이 사슴 눈이 되어서 그곳을 쳐다보았다. 그리고 약간 바로 앞에 바다가 있어서 무섭기도 했고, 방 안에 들어가 있어도 꿀렁꿀렁한 느낌이 다 들었다. 조금 신기하기도 했고 불편하기도 했다.

나의 하루를 맡길 수중 펜션 구경 후 나는 아빠와 같이 낚시를 했는데 처음 해 보는 낚시였다. 내 생전 처음 낚시여서 기대가 부풀었고, 물고기를 양 씨보다 더 많이 잡아야겠다고 다짐을 하였다. 처음엔 물고기들이 자꾸 밥만 먹고 가서 너무 짜증났었고, 심지어 돌 때문에 낚싯바늘이 걸려서 바다 전체를 낚을 뻔하기도 했다. 하지만 물고기가 한두 마리씩 잡히니까 너무 재밌어서 계속 낚시를 했다. 아빠와 첫 여행이었는데 이렇게 새로운 경험을 하니 너무 재밌었고, 가치 있는 하루를 보내고 있었다.

그날 계속 고기를 먹고 새우도 먹고 아빠와 술도 먹었다. 하루 종일 먹고 놀고 너무 너무 너무 행복한 하루였다. 그리고 그다음 날 일어나서 진짜 너무 울렁거려서 토할 뻔한 것 빼고는 너무 재밌었다. 일어나서 아빠랑 아침부터 라면을 끓여 먹었다. 집에 있을 때는 엄마가 맨날 몸에 안 좋다고 라면을 잘 못 먹게 하였는데 아빠랑 여행 와서 심지어 '아침에' 라면을 먹게 되었다. 라면을 먹은 후 우리를 육지로 다시 데려다줄 배가 오고, 배를 타고 육지로 다시 갔다. 배에 내리자마자 콩콩 뛰어봤는데 정말 느낌이 새로웠다. 비유하자면 봉봉(방방)을 타고 내려와서 바닥에서 콩콩 뛰는 느낌이다. 내가 이렇게 많은 경험을 하고 재밌는 경험을 하니 하루가 금방 가 버렸다.

아빠랑 원래 친했지만 한층 더 가까워졌다. 그리고 또 기회가 된다면 아빠랑 또 놀러가고 싶다. 내가 이 글을 정말 정성 들여 써서 아빠한테 보여 주고 싶은 마음이 들지만 부끄러워서 평생 못 보여 줄 것 같다. 또한 항상 아빠한테 너무 고맙고 이때까지 살면서 아빠한테 사랑한다는 말을 한 번도 해 본 기억이 없다. 우리 가족은 다들 무뚝뚝하고 감정 표현을 잘 못하는 사람들이라서 사랑한다는 말을 하기에는 너무 부끄럽고 쑥스럽다. 하지만 이 글에서는 아빠한테 사랑한다는 말을 꼭 전하고 싶다. ♡

언니와 함께 제주 여행

　나랑 제일 가까이 지내고 누구보다 소중한 우리 언니에 대해 이야기를 하는 것이니 조금 색다르게 써 보려고 해!! 그래서 이 이야기를 시작하기 전에 우리 언니에 대해 조금 설명을 해 볼게.

　나는 나보다 2살 더 많은 20살 언니가 있어. 옆엔 20살 우리 언니구. 우리 언니는 나보다 키도 작고 나보다 팅팅해. 우리 언니가 들으면 기분 나쁘겠지만 나는 언니에게 맨날 돼지라고 놀리고 어떤 때는 멧돼지라고도 하고 코끼리라고도 하고 항상 놀리곤 하지. 정말 이런 장난을 쳐도 우리 언니는 항상 웃고 넘겨주더라.

　그리고 나랑 언니는 키가 10센치나 차이 나고 우리 언니는 20살이지만 아직도 학생이라는 소리를 들을 만큼 수수하게 생겼어. 그에 비해 나는 조금 무섭게 생기고 좋게 말하면 성숙하게 생긴 거지. 그래서 오랜만에 친척들을 만나거나 엄마나 아빠 친구를 만나면 내가 언니라고 할 만큼 우리는 다르게 생겼지. 제일 많이 듣는 말이 누가 언니야? 라는 말이야. 나에겐 정말 자존심 상하는 일이지. 그래도 우리는 누구보다 사이좋은 손 자매야! 사실 나만의 착각일지도 몰라. 요즘은 잘 싸우지도 않고 둘이 맨날 집에 늦게 들어가고 해서 같이 엄마한테 혼나고 하는 일이 대부분이야.

하지만 어렸을 때는 나는 언니를 정말 싫어했어. 친구들이 언니 이야기만 하면 화내고 짜증만 내고 언니 뒷담만 줄줄이 늘어놨다구. 또 언니랑 진짜 맨날 맨날 싸워서 둘 다 질질 눈물을 흘리고 엄마한테 일러바치고 둘 다 엄마한테 혼나고 어렸을 때 내복 바람으로 집에서 쫓겨난 적도 많아. 정말 지금 생각하면 우리 언니는 정말 심술쟁이야. 내 생각만 그런 걸까? 이렇게 많이 싸운 우리는 정말 싸우다 지쳐서 이제는 잘 싸우지 않아. 우리 둘 다 고등학교 올라오고는 둘 다 철이 들었는지, 서로 잘 맞는 게 많아진 건지 정말 사이좋은 자매가 되었어.

그래서 겨울 방학 때 언니가 놀러가자고 하기에 그래서 어디 갈래 하다가 제주도로 여정을 떠나게 되었지. 계획부터 비행기 티켓, 돈 문제 모두 다 엄마에게 도움을 요청하지 않고 우리 둘이서 다 해결을 했어. 굳이 말하자면 언니가 나를 위해 돈을 많이 썼지. 정말 고맙긴 하더라.

여행을 가기 전에 친구들에게 이야기를 했는데 정말 기가 막히게 반응이 똑같았어. 둘이 제주도로 출발은 같이해도 돌아올 땐 싸워서 같이 못돌아올 것 같다고 그러더라구. 정말 그거 듣고 맞는 말이라면서 맞장구도 치고 했지만 한편으론 걱정도 되더라. 그래도 우리는 우리만의 여정을 떠났지. 대구공항에 도착한 우리는 너무 설레고 새롭더라고. 그리고 대구공항에서 언니랑 둘이서 우리 제발 제주도 가서는 싸우지 말자고 다짐했었어.

　2박 3일로 놀러갔었는데 첫째 날에 공항에 도착해서 숙소로 돌아간 후에 그 근처에서 흑돼지구이를 먹고 야경을 구경했어. 그리고 숙소로 돌아간 후에 언니와 마스크 팩을 하며 완벽한 밤을 보내고 있었어. 그리고그 다음날에 비가 와서 정말 날씨가 너무 좋지 않았어. 우리는 감귤밭에 가서 이쁜 사진을 찍고 놓으려고 했지만 날씨가 우리의 사진을 다 망쳐버렸어. 그래도 사이좋게 사진 찍고 잘 놀고 동문 시장에 가서 방어회를 먹고 딱새우도 먹었어! 내가 새우를 정말루 좋아하는데 진짜 제주도에서 먹으니까 더 맛있다는 생각이 들었어. 비밀이지만 우리 언니랑 맥주도 한잔했어!

　그리고 다음날 사건이 터져 버렸어. 아침에 언니랑 준비를 하다가 언니랑 뭐 때문에 싸우는지는 기억도 안 나는데 싸우게 돼 버렸어. 정말 분위기가 냉랭 그 자체였지. 그런데 아침에 언니랑 밥을 먹고 나니까 기분이좋아져서 다행이도 거의 바로 화해하고 말았어. 근데 원래 나랑 언니랑 싸우면 한 3분 있다가 바로 다른 얘기하면서 화해하는 스타일이긴 해.

　그리고 제주에서의 마지막 식사인 고깃국수를 먹고 초콜릿도 조금 사고 엄마 선물, 아빠 선물을 사서 공항으로 갔어. 그리고 공항에 가서 면세점에서 구경을 하다가 아빠 생일이 곧 다가와서 아빠 지갑을 선물로 사고 우리 서로를 위해 선물도 사서 비행기를 탔어. 이렇게 나와 언니의 제주 여행은 끝이 났지.

　원래 언니랑 많이 친해서 둘이서 비밀 이야기도 하고 그랬었는데 언니랑 이렇게 여행을 가니까 훨씬 더 친해진 것 같아. 그리고 언니랑 나이 차이가 별로 안 나다 보니까 훨씬 더 편했어. 그래서 언니랑 여행을 더

많이 가고 싶어. 언니랑 이렇게 노니까 정말 제일 가까운 친구라는 생각
이 많이 들었어. 언니에게 자주 까불어서 미안하지만 여행 내내 고맙다
는 생각이 많이 들었던 여행이었어.

힘들 때 이 시 어때?

> "
> 나는 이제 너에게도 슬픔을 주겠다.
> 사랑보다 소중한 슬픔을 주겠다.
> "
>
> - 정호승, 「슬픔이 기쁨에게」[17] 중에서

　수업 시간에 배운 시여서 왠지 조금 더 눈길이 갔다. "겨울밤 거리에서 귤 몇 개 놓고 살아온 추위와 떨고 있는 할머니에게 귤 값을 깎으면서 기뻐하던 너를 위하여 나는 슬픔의 평등한 얼굴을 보여 주겠다."라는 구절이 가장 마음에 와 닿았다. 나도 그랬던 적이 있었던 것 같아서 마음이 조금 착잡했다.

　할머니와 같은 사회적 약자들을 생각하면 너무 슬프고 불쌍하다는 생각이 든다. 텔레비전을 보면 할머니 같은 사람들만이 아니라 많은 사회적 약자들이 차별 대우를 받는 경우가 있다. 그런 걸 볼 때 가끔 눈물이 난다.

　많은 사람들이 사회적 약자에 대한 인식을 조금 더 많이 가졌으면 한다. 우리나라의 사회적 제도도 조금씩 바뀔 필요가 있다는 생각도 하게 되었다.

---

17) 정호승, 2014, 『슬픔이 기쁨에게』, 창비

기분이 좋을 때 이 시 어때?

> "
> 힘이 들면 하늘이 보고 싶다
> 하늘을 보면
> 자유롭게 두둥실 떠다니는 구름
> "
>
> - 김동민, 「하늘을 보고 싶은 날」[18] 중에서

힘이 들거나 기분이 좋을 때 하늘을 본다는 생각을 해 보진 않았다. 하지만 이 시를 읽고 나니 기분이 좋지 않거나 힘들 때 또는 기분이 좋을 때 하늘을 보면 기분이 편안해질 것 같다. 그래서 이 시가 마음에 든다.

나는 내가 하늘을 볼 일이 많다고 생각한다. 내 자신에 대해 실망하거나 기분이 안 좋을 때가 많은데 그럴 때마다 내 기분을 다른 사람들이 보았을 때 좋아 보이려고 노력하는 편이다. 그럴 때 하늘을 보면 되겠구나 깨닫게 되었다.

내가 기분이 좋을 때는 정말 단순히 밥 먹을 때, 간식 먹을 때, 친구들이랑 놀러갈 때, 언니랑 놀 때 먹고 놀고 할 때이다. 아직 해 보진 않았지만 밥을 먹고 하늘 보면 진짜 기분이 더 좋아질 것 같다.

하늘은 나에게 기댈 수 있는 존재고 나의 기쁨을, 나의 슬픔을 조금이라도 덜어 주는 존재이다.

---

18) 김동민, 2019, 「하늘을 보고 싶은 날」, 창조문예사

아침에 이 시 어때?

> "
> 아침은 매우 기분 좋다.
> 오늘은 시작되고
> 출발은 이제부터다.
> "
>
> - 천상병, 「아침」[19] 중에서

나는 이 시를 읽어 보고 이해를 할 수가 없는 시라고 생각한다. 왜냐하면 나는 하루 일과 중에 아침이 제일 괴롭고 싫은데 시인은 아침에 기분이 좋다고 했기 때문이다.

나는 아침에 학교를 가기 위해 자다가 일어나는 것이 너무 괴롭다. 또 잠을 자다가 아침이 되어서 눈이 떠지는 것이 너무 싫다. 나는 집에서 누워서 잠만 자고 싶다. 다른 사람들이 게으르다고 생각할 수도 있지만 나는 잠자는 것이 너무 좋고 잠에서 깨는 것이 너무 싫다. 아직까지 이런 생각을 하는 것을 보니 아직 철부지인 것 같다.

그런데 마지막 연을 읽고서는 기분이 좋아졌다.
"오늘은 복이 있을지어다."
'복'이라는 단어는 너무 좋은 것 같다.

19) 천상병, 2018, 「천상병 전집」, 평민사

읽어주신 분들께

"
인생은 지긋지긋한 일의 반복이다.
"

미국의 작가, 엘버트 하버드가 남긴 명언이다. 나는 이 명언을 굉장히 좋아한다. 나는 내 인생이 재밌기도 하지만 매일 똑같은 일상의 반복이라서 너무 지겹기도 하다. 그래서 이 명언이 내 가슴에 와 닿았고 지금은 누구보다 저 명언에 공감을 많이 하는 중이다. 내가 이 명언을 쓴 이유는 내가 이 명언을 좋아해서 그런 것도 있지만, 지금 내 책이 남들 눈엔 그럴 수도 있다는 생각으로 약간의 밑밥을 깐 것이다. 인생뿐만 아니라 내 책도 누군가에겐 지긋지긋할 수도 있고 다른 책들보다 재미가 없을 수도 있다. 아니 그럴 수밖에 없을 것이다. 왜냐면 내 이야기만 늘어놓았으니 재밌을 이유가 없다. 그리고 예쁘지도 않은 내 얼굴을 표지로 해놓고 하니 다른 사람들 눈이 아플지도 모른다. 하지만 그래도 나는 이 책을 쓰고 나서 내가 쓴 글, 내가 겪은 추억이 나온다는 것에 대해 너무 뿌듯하고 행복하다.

이 책은 내가 살면서 처음 써 본 책이다. 우리 같은 학생들은 다 그럴 것이라고 생각한다. 내가 이 책을 쓰게 된 동기는 솔직하게 말해서 학교에 있는 과목이니까 쓴 것이다. 하지만 이 책을 쓰면서 느낀 것은 그렇게 생각한 내 자신이 너무 부끄럽다는 것이다. 이렇게 책을 완성하고 나니 새삼 책 쓰기가 이렇게 재미있는 것이구나 라는 생각이 들었다. 조금 오바해서 말하자면 작가가 되고 싶다는 생각을 이번 계기로 처음 해 보았다. 조금이 아니라 조금 많이 오바한 걸지도 모른다.

나는 내 인생이 정말 재미있고 새로운 경험으로 가득 찬 것 같아서 뿌듯하고 행복하다. 거제도에서도, 경주에서도, 제주도에서도 항상 나는 너무 많은 추억을 남겨와서 이러한 책을 쓸 수 있다고 생각한다. 이렇게 재밌게 추억을 쌓아 준 모든 사람들에게 너무 고맙다. 그리고 이 책을 쓸 때 도와주신 선생님, 내 주제를 같이 고민해 준 친구들에게 고맙다.

여러분들이 함께 행복하였으면 좋겠다는
나의 작은 바람도 담아본다.

FALL IN LOVE WITH MYSELF FIRST

WRITING / PHOTO 원예림

원 예 림

나는 할 일을 모두 끝내고 폭신폭신한 복숭아 무늬 이불을 뒤집어쓴 채
노트북으로 영화보는 시간을 좋아한다.
코스트코 딸기 타르트를 예쁘게 잘라 접시에 담고,
투명한 유리컵 가득 우유를 채워 놓는 것도 잊지 않는다.

누구도 방해할 수 없고 해야 할 일에 대한 불안함도 없는
온전한 나만의 시간. 그 편안함과 나른함을 사랑한다.
내가 좋아하는 것이 곧 나의 취미이고 그게 바로 이 시간이라 하겠다.

PROLOGUE

열일곱의 나는 어떤 사람이었나?

열여덟의 나는 이 질문에 완벽하게 대답할 수 없다. 언제부턴가 나에 대해 잘 모르는 사람이 된 것만 같다. 나를 가장 잘 알아야 할 내가 나를 잘 모른다는 게 조금 아이러니하지만 완벽하지 않은 나를 사랑하는 방법 또한 있을 것이다. 십 년, 이십 년 후에 이 책을 읽는 내가 행복하길, 나를 사랑하는 사람이길 바란다.

"네 남은 인생 중에 오늘이 가장 젊은 날이다."

마지막 인라인스케이트

내가 초등학교 1학년일 때의 일이다. 그날은 유독 날씨가 좋았다. 따뜻한 봄 날씨의 완벽한 주말이었다. 모처럼 이모네 가족과 사촌들과 함께 동네 강둑에 놀러갔었다. 그 당시 나와 우리 언니가 인라인스케이트에 빠져 있을 때라서 빼먹지 않고 인라인을 챙겨갔다. 가볍게 타고 말 생각이라서 보호 장구나 헬멧은 일절 하지 않았다. 볼을 스치는 봄바람에 한껏 신이 난 나는 눈앞의 내리막길을 한 치의 고민도 없이 내려갔다.

그런데 점점 가속도가 붙더니 그만 중심을 잃고 넘어져 버렸다. 순간 본능적으로 손을 뻗었고 그대로 손바닥이 다 까져버렸다. 무릎은 물론이고 동시에 이마를 심하게 부딪친 채로 쓸려 내려갔다. 찰나의 순간에 차가운 시멘트 바닥을 나뒹굴다 정신을 차려 보니 손바닥은 새빨간 피로 물들어 있었고 그 순간 머리가 새하얘졌다. 우선 가족들에게 가야겠다는 생각까지 미치자 주섬주섬 내리막길을 다시 올라갔다. 넘어진 길을 다시 올라가는 동안 많은 생각이 들었다. 뚝뚝 떨어져 있는 선명한 핏자국들을 보며 어찌해야 할지 몰라 심장이 두근두근 뛰었다. 가족들이 내 얼굴을 보면 많이 놀랄 텐데 뭐라고 설명해야 할지 몰라 두려웠고, 내 얼굴에 흐르는 뜨거운 액체와 비릿한 냄새가 피라는 걸 알게 되자 정신이 몽롱해지는 듯했다.

나를 본 이모는 사색이 되어서 물티슈로 내 얼굴과 손의 피를 닦아 주었다. 침착하려 했지만 약하게 떨리는 손을 숨기지 못하는 이모를 보고, "나 하나도 안 아파." 하며 안심시켜 주었다. 그런데 신기하게도 그렇게 피가 철철 나고 꿰매야 할 정도로 이마가 찢어졌지만 아무런 느낌이 나지 않았다. 너무 놀라서 무감각해졌던 걸까. 차라리 그게 나았던 것 같다. 아직도 이모는 그때를 생각하면 8살짜리 꼬마가 얼굴이 전부 피로 덮여 있는데도 눈물 한 방울 떨어뜨리지 않은 게 너무 신기하다고 말한다.

그날 파티마병원 응급실에 가서 생애 첫 수술을 받았다. 수술실에 들어가기 전까지도 엄마랑 저녁에 고기를 먹을지 돈까스를 먹을지 신중하게 고민했다. 그저 그 상황이 현실적으로 느껴지지 않았나 보다. 수술대에 오르고 불이 켜지자 기다란 주삿바늘이 내 이마로 다가왔다. 조금 따끔할 거라는 간호사 언니의 말을 들은 순간 눈을 꼭 감고 주먹을 쥐었다. 다행히 수술은 금방 끝났고 나는 고기를 먹을 생각에 신이 났던 것 같다.

그러나 안타깝게도 그때 이후로 인라인스케이트를 탄 기억은 없다. 인라인스케이트에 대한 나의 기억은 8살에 멈춰 있다.

"You are a very loving person and your life will be filled with romance."

"넌 아주 사랑스러운 사람이며, 네 인생은 사랑으로 가득 차리라."

열다섯부터 열여덟까지

　나에게는 중학교 때부터 깊게 우정을 나눠온 친구들이 있다. 지나고 보면 아무것도 아닌 인간관계에 힘들어하던 나를 위로해 주고 졸업 때까지 곁을 지켜 준 소중한 친구들이다. 우리 여덟 명은 중학교 3학년 여름 방학부터 고등학교 1학년 겨울 방학까지 단 한 번도 빼먹지 않고 매번 방학 때마다 만나 다른 지역으로 여행을 갔다.

　처음 경주를 시작으로 부산, 서울, 밀양, 영천 등 국내 어디든 원하는 곳을 선정해 1박 2일로 코스를 잡는다. 이 애들과 함께하는 여행마다 너무 소중하고 좋은 추억으로 남아 7명 한 명 한 명에게 고맙다. 여행을 계획하는 과정이 항상 순탄할 순 없지만 펜션을 예약하고, 기차표를 사고, 무얼 하고 놀 건지 정하는 과정이 의미 있고 친구들과 함께함으로써 성장하는 부분이 있는 것 같다.

　모든 여행이 나에겐 행복한 기억이지만 그중에 뽑아보자면 특히 서울이 가장 기억에 남는다. 이 서울여행의 시작은 중학교 졸업식에서 시작된다. 여덟 명이 다른 고등학교로 찢어지게 된다는 아쉬움이 컸지만 우린 바로 다음 여행을 계획하였다.

효정이네 이모께서 우리 여덟 명에게 롯데월드 자유이용권을 보내 주신다고 하셨다. 정말 감사하게도 집까지 빈다며 우리가 편히 쓸 수 있도록 허락해 주셨다. 계획을 짜는 동안 처음 롯데월드를 간다는 기대감에 부풀어 있었다. 동대구역에 모여 서울행 기차에 탔을 때의 그 설렘은 아직도 잊을 수가 없다. 효정이 이모네에 도착하니 이모네 가족께서 이제 막 집을 나서려던 참이셨다. 먼 길 오느라 수고했다며 맛있는 밥을 대접해 주신 이모께 정말 감사했다.

롯데월드에 도착하자마자 붐비는 사람들에 입이 벌어졌고 놀이기구가 실내에 있다는 게 나로서는 생소했다. 놀이기구 하나를 타기 위해서 두 시간씩 기다려야 했는데 이것 때문에 우리는 많이 지쳐 있었다. 놀이기구를 서너 개밖에 타지 못했지만 나는 소중한 친구들과 처음 롯데월드를 가 봤다는 것에 만족하는 중이다. 그날 저녁에 이모네 집에서 우리끼리 배달음식을 시켜 먹고 행복하게 첫째 날을 마무리했다.

이튿날 우리가 향한 곳은 바로 경복궁이다. 한복체험을 하기 위해서이다. 한 번쯤 한복을 입고 놀러가고 싶다는 생각을 했는데 그때 친구들과 경험하게 되어 의미 있었다. 경복궁에 들어가기 전 우리는 한복대여점에 가서 각자 마음에 드는 한복을 골랐다. 여덟 명이 다 같이 한복을 입으니 개성 있고 정말 예뻤다.

모두 들뜬 채로 경복궁에 가서 사진도 찍고 외국인분들께 예쁘다고 칭찬도 들었다. 남는 건 사진뿐이라며 바삐 사진을 찍다 보니 시간이 훌쩍 지났고 곧 기차 시간이 다 되어서 이모네 집으로 돌아가야 했다. 대구로 오는 기차 안에서 서울여행의 아쉬움과 여운이 남았지만 한 번 더 좋은 추억을 쌓아서 행복했다. 앞으로도 소중한 이 애들과 많은 추억을 남기고 싶다.

저마다 다른 각자의 시간이 존재한다

"너는 커서 뭐가 되고 싶니?"
"저는 화가가 될 거예요."
여덟의 내가 말했다.

"너는 꿈이 뭐니?"
"제 꿈은 프로 셰프가 되는 거예요."
열여섯의 내가 말했다.

알록달록한 크레파스를 좋아하던 8살 꼬마는 화가를 꿈꾸었고, 무슨 바람이 들었는지 아빠가 요리학원을 등록했을 때 모락모락 사랑이 피어오르는 해물탕을 보고서 셰프가 되고 싶었다. 그러나 열여덟의 나는 비슷한 질문만 들어도 지레 겁을 먹고 어떤 대답을 해야 그럴싸할까 고민하기 바쁘다.

아무리 생각해 보아도 진정으로 내가 하고 싶은 게 무엇인지, 어떤 미래를 꿈꾸는지 명확한 답이 나오지 않는다. 이러한 불안함은 눈덩이처럼 불어나 수없이 많은 잠 못 이루는 밤을 만들었다. 주변 친구들은 너무나 잘나 보이고 각자의 미래를 위해 열심히 달리는 것 같다. 나 혼자 덩그러니 그 자리에 멈춰 있는 듯한 느낌에 숨이 턱 막힐 때도 있다.

그러나 『당신의 계절을 걸어요』에서 원유리 작가는 인간에게는 저마다
의 시간이 존재한다고, 가끔은 넘어지기도, 출구 없는 길 위를 방황하
기도 하지만 그런대로 각자의 결승점 어딘가에 잘 도착하게 될 것이라고
말한다. 그 짧은 구절이 지금까지 뒤처지는 느낌에 울적해진 나를 끌어
올려 주는 듯하였다. 비록 미약한 불안함이 남아 있을지라도 기꺼이 그
감정을 인정하고 저마다 다른 나만의 시간이 존재함을 믿어 보기로 했
다. 저마다의 시간은 다르다는 것, 나에게는 나만의 시간이 존재하고,
남들과 비교하며 힘들어하기엔 내 시간은 너무나 소중하다는 것을.

"In the book of life,
the answers are not in the back."
-Charlie Brown-

"인생이라는 책에는
결코 뒤에 정답이 나와 있지 않아."

언니와 단둘이 대마도 여행

고등학교 2학년이 되기 전, 바쁘게 일 년을 살아가기 전에 의미 있는 여행을 하고 싶었다. 언니와 누워서 얘기하던 도중 내가 "우리 여행 갈래?"라고 갑작스럽게 이야기를 꺼내 여행을 계획하게 되었다. 언니와 나둘 다 지금까지 해외여행을 한 번도 가 본 적이 없어서 이번 여행만큼은 기필코 해외로 가 보고 싶다고 생각했다.

처음이라서 가까운 일본에 가는 것으로 결정했다. 일본 여행지를 찾아보면서 어딜 갈까 행복한 고민을 하다 대마도라는 섬을 발견했다. 보통 오사카, 도쿄 등 번화한 곳에 가지만 대마도라는 곳이 색다르고 관심이 갔다. 언니와 나 둘 다 아르바이트비를 모아서 가는 것이기 때문에 상대적으로 경제적 부담이 적은 것도 한몫했다.

2월 초쯤에 계획을 잡았는데 21일 여행 가는 날까지 한 달 내내 구름위에 뜬 기분이었다. 여행 하나가 나를 이렇게까지 행복하게 할 수 있구나 느꼈다. 나는 쇼핑리스트, 갈 곳, 맛집 등을 모두 찾아서 꼼꼼히 사전 준비를 완료하였다. 거기에 배표, 숙소, 동대구역과 부산역 왕복 기차표까지 예매했다. 이 모든 것이 처음이라 실수하지 않을까 두려웠지만 여행을 간다는 들뜬 마음만큼은 숨길 수 없었다.

언니와 나는 일본으로 떠나기 삼 주 전쯤에 여권을 만들고 일주일 전에 약 45만 원을 환전했다. 드디어 대마도를 가는 날, 이른 아침 차가운 새벽공기를 맞으며 동대구역으로 갔다. 부산역까지 가는 동안 어두운 새벽을 깨고 해가 뜨는 것을 보았다. 하루의 시작을 알리는 그 해가 얼마나 반갑던지, 오늘은 져버리지 말았으면 하는 바람이 들었다.

배를 타러 가는 발걸음은 솜털처럼 가벼웠다. 출렁거리는 배가 슬슬 걱정되고 뱃멀미를 하기 시작할 무렵, 드디어 1시간 10분 바다를 건너 히타카츠항에 도착했다. 솔직히 처음 도착했을 때 한국과 크게 다른 점이 없어서 의아했다. 정말 한국의 시골 느낌이 났다. 그렇지만 내가 밟는 이 땅이 일본이라는 사실이 너무나 짜릿했다. 대한민국 땅을 처음으로 벗어난 역사적인 순간이었다.

우린 도착하자마자 허기진 배를 달래기 위해 편의점에 가서 푸딩, 우유 등 군것질거리를 샀다. 일본어 못하는 것쯤은 아무것도 아니었다. 그때 바디랭귀지는 전세계 어디를 가든 통할 것이라고 확신했다. 그 후에도 키요 버거, 타코야키 등 후회하지 않을 만큼 양껏 먹었다.

히타카츠에서 가장 기억에 남는 것은 기모노 체험이다. 다른 나라의 전통 의복을 입어본다는 것 자체가 신기했고 무엇보다 기모노의 화려한 무늬와 고운 선은 나를 사로잡기에 충분했다. 미리 찾아봤던 기모노 대여점에 가서 원하는 기모노를 골라 입었다. 배를 너무 꽉 죄어서 불편했지만 언니와 함께 기모노를 입고 일본거리를 걷는 것은 말로 표현할 수 없는 자유로움과 여유를 느끼게 해 주었다. 아무런 걱정 없이 그저 그 순간을 즐기고 눈앞의 고양이를 쓰다듬는 소소함이 내겐 너무 큰 행복으로 다가왔다.

그렇게 놀다 오후 4시쯤 이즈하라로 가는 버스에 탔다. 그런데 사람이 터질 듯 많아 두 시간 반 동안 서서 가야 했다. 아마 대마도 여행 중 가장 최악의 순간이 아니었나 싶다. 거의 죽다 살아나듯 버스에서 내리니

7시가 훌쩍 넘었고 이즈하라는 이미 깜깜한 밤이 되어 있었다.

하루가 너무 빨리 지나간 것 같아 아쉬웠지만 언니와 나는 예약해둔 민박집 오렌지 하우스에 짐을 놔두고 민박집 사장님께서 추천해 주신 음식점에 갔다. 전형적인 일본 음식점이었는데 주문을 하면 눈앞에서 바로 요리를 해 주었다.

그때 명란 마요 덮밥과 야키소바를 먹었는데 현지에서 먹는 음식은 여태껏 한국에서 먹은 음식과는 확실히 달랐다. 연신 감탄사를 연발하며 엄지손가락을 치켜세우던 우리에게 사장님께서 갓 튀긴 따끈따끈한 튀김을 주셨다. 시키지 않은 음식이 나와서 당황했는데 알고 보니 우리 옆자리의 일본 남성분께서 우리에게 주라며 사 주신 것이었다. 처음엔 살짝 걱정했지만 이내 긴장을 풀고 감사 인사를 한 후 기분 좋게 식사를 마쳤다.

저녁에는 티아라몰에 가서 쇼핑을 했는데 생각보다 돈이 많이 남아서 사고 싶은 걸 싹 쓸어왔다. 사고 싶은 화장품도 사고 특히 일본 과자와 여러 선물들을 샀다. 이튿날 부산으로 가는 배 시간이 빨라서 많은 곳을 둘러보지는 못했다. 스시야라는 회전 초밥집을 마지막으로 아쉽게 부산행 배를 탔다.

집에 돌아와서 곱씹을수록 특별한 것 없지만 그 자체로 깊은 여운이 남는 여행이었다. 어른들의 도움 없이 스스로 첫 해외여행을 계획하고 경험했다는 게 나에게는 큰 의미가 있었다. 언니와 처음으로 둘이 간 여행이라서 더욱 뜻깊었고 평생 친구가 되어 줄 언니가 있음에 감사한 시간이었다. 내 마음을 따뜻하게 만들고 또 다른 여행을 꿈꾸게 해 준 작은 섬을 기억하며 글을 마무리한다.

나만의 시간이 필요할 때 이 시 어때?

> "
> 내게 가장 중요한 나라는 존재에 대해서
> 내가 무슨 생각을 하는지 어떤 기분이 드는지
> 온전하게 집중할 수 있는 시간
> "
>
> - 새벽 세시, 「나만의 시간」[20] 중에서

나는 여태껏 남의 기분을 생각하고 상대방의 입장을 고려해 주는 게 배려고 예의라 생각했다. 물론 맞는 말이지만 지나치게 남에게 맞추다 보니 정작 나에게는 매몰차고 내 기분은 뒷전이라 혼자 속상했던 적이 많았다. 내가 내뱉는 말 하나하나에 상대방이 어떻게 생각할지 걱정했고 혹여 내가 상처되는 말을 한 건 아닌지 고민하곤 했다. 내가 느끼는 감정은 생각하지도 않은 채.

그러나 최근 들어 나를 좀 더 소중히 여겨야겠다는 생각이 들었다. 나와 가장 가까운 사람은 다른 누구도 아닌 나 자신이라는 것을 알게 되었기 때문이다. 내가 힘들다는 것을 가장 먼저 알 수 있는 사람도 나고 내가 행복을 느끼는 게 언제인지 가장 잘 아는 사람도 나일 것이다. 나를 온전히 마주하는 것을 두려워하지 말고 스스로에게 귀기울일 줄 아는 내가 되어야지. 혼자 있는 시간 동안 내가 좋아하는 일을 하고 나를 쉬게 해 주는 것이 결코 헛된 게 아니라는 것을 잊지 말기를, 있는 그대로의 나를 사랑하기를.

20) 새벽 세시, 2016, 『새벽 세시』, 경향BP

_____에게

♡ 열여덟의 나에게
일 년 동안 열여덟의 나로 살아오며 참 고생 많았다고,
무던히 많은 시련과 나름의 이별을 겪으면서도
무너지지 않고 잘 견뎌 주었으며,
사랑하는 사람들을 위해 노력할 줄 아는 사람이었음에
자랑스럽다고, 수고했다고 토닥여 주고 싶어.

♡ 내가 가장 사랑하는 사람들에게
나를 향한 가늠할 수 없는 사랑의 크기에,
나를 사랑받는 사람이 되도록 해 준 숭고한 노력에,
손가락 끝에 굳게 자리 잡은 세월과 거친 땀에,
누구보다 엄마 아빠 당신들을 사랑한다고, 온 마음 다해 감사한다고
말하고 싶어.

♡ 내 사람들에게
2019년의 막바지에서 한 해를 되돌아보았을 때 떠오르는
수많은 얼굴 하나하나에 진심으로 감사해.
보잘것없는 내 곁을 지켜 주고,
기쁨과 슬픔을 공유하는 나의 사람이 되어 주고,
또한 내가 누군가에겐 소중한 존재라는 사실을 알게 해 주었음에.

2020년에도 내 사람으로 있어 주길,
너무 크게 슬퍼하지 않고, 주변의 작은 것들에 감사하며,
사랑을 표현하는 한 해를 보내길 바라.

처음

WRITING / PHOTO 이 미 소

이 미 소

'아름답게 웃어라'라는 의미에서
'미소'라는 이름을 갖게 되었어.
나는 달달한 음식, 맵고 짠 음식을 좋아하고,
취미로 컴퓨터 게임을 하는 것을 좋아해.

"
과거는 흘러갔고 어쩔 수 없는 거야, 그렇지?
세상이 널 힘들게 할 땐 신경 끄고 사는 게 상책이야.
"

- 영화 『라이온 킹』 중에서

PROLOGUE

세상엔 참 많은 일들이 일어나. 슬픈 일, 좋은 일, 기쁜 일 등등. 우리는 살아가면서 많은 사건 사고들을 겪어오고, 겪고 있고, 겪어가겠지. 그중에서도 내가 가장 의미 있게 생각하는 것이 바로 '처음'이야. 매번 해온 것, 하고 싶은 것만 할 수 없어. 이따금 낯설고 생소한 '처음'을 마주하게 될 거야.

'처음'은 설레기도 하고 무섭기도 해. 그래서 더욱 부딪치고 도전해 보고 싶다는 생각이 들어. 내가 지나온 삶이 겨우 열여덟 해에 불과하긴 하지만 그래도 꽤 많은 도전을 시도해 본 것 같아. 여기서 나의 '처음'과 '도전'을 너네에게 들려주고 싶었어. 많고 많은 것들 중에 극히 일부겠지만, 너에게 좋은 깨달음이 전해지면 좋겠다. 그게 아니더라도 '얘는 이랬구나.' 하고 재미있게 봐주길 바라고 있기도 해.

아, 지금 이 글을 보고 있을 너에게 하나 묻고 싶어. 너는 처음의 상황에서 어떤 기분이었는지, 또 어떻게 헤쳐 나갔는지. 그리고 내 글을 읽으면서 네 이야기를 한번 떠올려 보는 건 어때?

'고등래퍼3' 방청기

🎼 아니, 이게 진짜 된다고?

　바야흐로 2019년 2월. 나는 음악을 자주 듣고 또 좋아하는데, 이때는 한창 힙합에 푹 빠져 있었어. 그래서 반 친구들과 힙합 정보 공유에 항상 바쁘기도 했지. 그러던 중에, 혜린이라는 친구가 인스타그램에 뜬 댓글 이벤트에 참여해 보자고 했어. 그건 바로, 엠넷에서 방영할 예정인

'고등래퍼3'이라는 힙합 서바이벌 프로그램 방청 이벤트였어. 솔직히 혜린이가 그렇게 말을 꺼냈을 때, 혜린이도 나도 거의 장난이 90%였어. 근데 혹시 모르니까 해 보자면서 장난삼아 혜린이와 댓글을 달았지. 그 사실조차 잠시 잊고 지내던 중에, 혜린이한테서 전화가 왔어. 다급한 목소리길래 무슨 일이 있나 했는데, 혜린이가 그러더라.

"야, 우리 '고등래퍼3' 방청 이벤트 당첨됨!"

나는 혜린이가 하는 말을 듣자마자 벙쪄 있다가 빵 터졌어. 진짜 이게 될 줄 누가 알았겠어? 진짜 사람 일은 모르는구나, 싶더라. 그렇게 혜린이와 나는 한참을 기뻐했어. 이게 당첨이 됐으면, 고양시 엠넷 촬영 스튜디오를 가서 보면 되는 거였지. 근데 한창 기뻐하다가 문뜩 생각이 들더라.

'내가 이걸 갈 수 있나?'

이런 생각이 든 이유가, 난 친구 집에서 자 본 적도 없기 때문이지. 그게 무슨 말이냐고? 고양시는 서울특별시보다 먼 곳이야. 그래서 버스로 왕복 8시간이 꼬박 걸리고, 공연은 저녁 6시부터라네. 그럼 뭐야, 외박을 하란 소리잖아. 과연 우리 엄마 아빠는 내가 여기 가는 걸 순순히 놔둘까 싶었던 거지. 그래도 나는 엄마 아빠한테 이야기는 해 보자! 했어.

 공연 한 번 보기 참 힘들어

나는 마음을 굳게 먹고 부모님께 이 공연이 어떤 공연인지 설명하고, 어디서 언제까지 하는지 열심히 설명했어. 그래서 부모님이 바로 설득을 해 주셨냐고? 당연히 바로 혼났지. 너무 멀어서 부모님께서 아무래도 걱정을 하신 것 같아. 그래서 슬퍼하고 있었는데, 오빠가 그걸 방에서 들었는지 나와서는 나보고 자기도 이 프로그램을 안다며 같이 부모님을 설득해 주겠다는 거야. 정말 고마웠어. 그래서 오빠와 내가 처음(?)으로 합심을 해서 부모님을 설득했지.

오빠와 언니가 안전한 게스트하우스를 알아봐 주고, 내 돈으로 다 간다는 조건으로 열심히 설득했더니, 부모님께선 결국 허락을 해 주셨어! 물론 공부도 열심히 하겠다는 터무니없는 약속도 걸었지만, 그만큼 간절했어. 돈 주고도 못 보는 기회니까 말이지. 당장 이틀 뒤가 공연이었기에 혜린이에게 이 기쁜 소식을 전하고 콧노래를 부르며 준비물을 챙겼어.

여기가 고양시니?

혜린이와 전화를 하면서 잘 때 입을 옷이랑 화장품, 충전기 정도를 챙기자고 했어. 웬만한 건 게스트하우스에 다 있다고 하니 딱히 더 챙길건 없었던 것 같아. 뭐 짐이 적으면 적을수록 좋은거지. 그리고 내가 휴대폰으로 버스표를 예매했어. 아무래도 왕복 8시간이다 보니 일반석은 절대 못하겠더라. 돈을 조금 더 주더라도 우등석 버스를 예약했어.

이렇게, 모든 준비를 끝내고 드디어 그날이 왔지. 말로 표현 못할 만큼 설레더라. 혜린이와 꼭두새벽에 만나 버스를 타는데, 피곤한데도 그렇게 즐거울 수가 없었어. 우등석 버스도 처음이었거든. 의자가 생각보다 되게 좋아서 놀랐어. 그렇게 버스에 타서 우리는 열심히 고양시로 달렸지. 휴게소를 한 번 내리긴 하더라. 나 고속버스가 휴게소 내려주는 줄 몰라서 그것조차 신기했어. 버스 안에서 못다한 화장도 하고 그러다 보니 금방 도착하더라. 내가 타 지역은 많이 못 가 봤는데 서울보다 먼곳을 이렇게 와 보니까 정말 들떴어.

고속버스터미널에서 내리자마자 지하철을 타고 게스트하우스를 찾아 갔어. 찾아가는 게 쉽지 않더라. 지도만 보고 찾아가다가 길을 잃기도 하고, 결국 빙빙 둘러서 겨우 찾긴 찾았어. 근데, 시간이 그래서 많이 지체된 거야. 급하게 짐을 내려놓고 화장을 대충 수정하고 우리는 버스 를 타고 스튜디오를 찾아 나섰어.

과연 그것도 순조로웠으면 내가 아니지. 정말 숙소 찾는 것의 배로 힘들었던 것 같아. 완전 무슨 허허벌판에서 길을 잃어버려서 버스 타면 금방 가는 길을 걸어서 갔지 뭐야. 혜린이랑 나는 벌써 지쳐 있었던 것 같아.

𝄞 나 '고등래퍼3' 보러 간다!

그렇게 도착했는데, 선착순으로 들어가는 거라 사람들이 엄청 많이 줄 을 서 있더라. 길만 잘 찾았어도 좋았을 텐데 아쉽기는 했지만, 뭐 완전 끝자락은 아니었기에 우리도 가서 줄을 섰어. 줄을 서 있는데 인터뷰를 하러 오는 PD 언니와 카메라맨이 보였어. 별생각 없이 있다가, 혜린이에 게 떠밀려서 내가 좋아하는 래퍼를 응원하는 말을 남겼는데, 방송에 나 오더라. 정말 아직도 흑역사야. 그래도 뭐 이런 기회가 언제 또 있겠어?

그렇게 다리 아프게 기다리고 순서 번호 팔찌를 받고, 쉬는 시간을 잠 시 가졌어. 나랑 혜린이는 110번이었어. 총 300명 정도 왔는데, 그 정도 면 나쁘지 않았던 것 같아. 쉬는 시간도 짧아서 솔직히 아픈 다리를 쉬 게 할 겨를도 없었어. 그렇게 쉬는 시간이 끝나고 순서대로 줄을 섰지. 그리고 스튜디오로 통하는 문이 열리더라고. 그때부턴 아픈 다리를 원망 하진 않았어. 너무 설레었거든. 물론 아프지 않았던 건 아니야.

근데, 스튜디오 문이 열렸는데도 안에 들여보내서 또 기다리게 하더라. 아, 정말 그때 고통은 말도 못해. 기다리고, 기다리고 또 기다리고. 드디어 들어갔어. 스튜디오에는 래퍼들 지인들도 있었는데, 그 사람들도 유명한 사람이라 신기했어. 스튜디오에 들어갔더니, 휴대폰을 다 수거하고 투표용 리모컨도 주더라. 휴대폰을 수거하는 건 우리가 보는 공연이 방송되지 않았기 때문이지. 나는 뒤쪽이었는데, 뒤쪽의 옆쪽이라 'MC녁살'의 바로 앞자리였어. 와, 연예인은 진짜 연예인이더라. 피부도 정말 좋고 잘 생겼어. 그렇게 정말 최고의 무대를 나랑 혜린이만 보게 되었어.

근데 다리가 정말 너무 아파서 마비되는 기분이었어. 그렇게 공연이 끝나고 나와서 우리는 배가 고파 파닭을 먹고 게스트하우스로 가서 잠을 잤어. 일찍 버스를 타야 했거든. 그 뒤로는 별 탈 없이 대구로 돌아왔던 것 같아. 학교에 갔더니 애들이 궁금해서 난리야. 근데 일부러 약 올리려고 한참 동안 말을 안 해 줬어.

어때, 공연 하나 보는 것도 정말 스펙타클하지? 그만큼 기억에 잘 남는 것 같아. 그리고 못 볼 뻔했는데 잘도 갔지. 뭐든 해 보면 되는 거야!

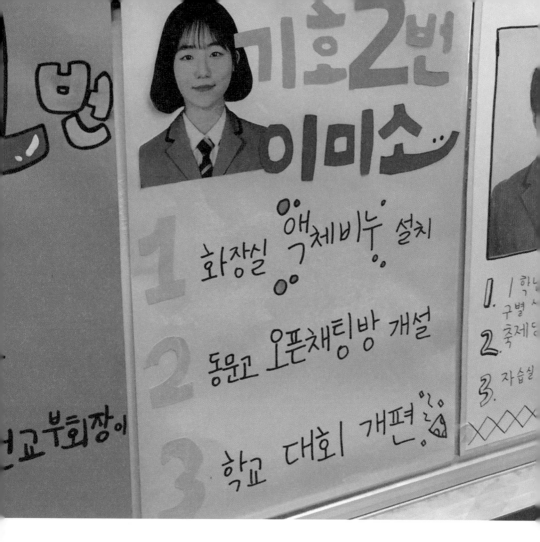

기호 2번 2미소

바야흐로 2019년 3월, 고등학교 2학년이 되고 반에 적응하던 중이었어. 공지사항이 있는지 선생님께서 우리를 집중시키셨지.

"자, 2019년 전교학생회 선거 나갈 사람은 이 종이 보고 학생부실로 내려가세요."

다름이 아니라 전교학생회 선거 출마 공고문이었고, 작년까지만 해도 그런 거에 전혀 관심이 없던 나는 갑자기 '어? 해 보고 싶다'는 생각이 들었어. 그래서 친구들에게 이야기했더니, 친구들이 굉장히 반겨주더라고. 그래서 걱정 반, 기대 반으로 나가기로 다짐하게 되었어. 솔직히 '나 같은 애가 나가도 누가 주목해 줄까?' 하는 생각이 엄청 들고 풀이 죽을 때가 많았는데, 그럴 때마다 친구들은 내 어깨를 펴 주었지. 아직까지도 그때를 생각하면 참 고마워.

나는 그래서 학생부실에 가서 선거 후보에 출마하고 싶다고 했어. 나는 아직 2학년이라 전교부회장밖에 출마하지 못했지. 그래서 내년엔 전교회장에 출마해 볼 계획도 벌써 세웠던 것 같아. 학생부 선생님께서 나한테 여러 가지 종이를 주시며 준비해야 할 것들을 말해 주셨어. 선거 날은 4월 3일이었고, 나에겐 일주일 남짓의 시간이 있었지. 선생님이 주신 종이에는 소견문 종이, 공정한 선거를 위한 서약서, 후보출마신청서, 100명의 동의를 구하는 종이가 있었어. 솔직히 소견문과 100명의 동의를 구하는 종이가 제일 걱정이었지.

'100명을 내가 정말로 채울 수 있을까?' 하는 걱정이 들었지만, 친구들과 함께 열심히 반을 돌아다니다 보니 생각보다 금방 채워졌어. 100명의 이름으로 가득 차 있는 종이를 보니 가슴이 찡했어. '뭐든 하면 되는 거구나.' 하는 생각도 들었고.

나는 그렇게 친구들과 거의 매일 모여 손수 선거 벽보도 만들고 선거 운동 계획도 세우고 소견문도 이틀 꼬박 새워 쓰고, 외우고, 연습하기 시작했어. 3주 뒤면 시험이었기 때문에 공부도 허투루 할 수 없었어. 정말 신체적으로나 정신적으로나 스트레스를 엄청 받고 힘들어서 매일매일 울었던 것 같아. 하지만 내가 하고 싶어서 시작한 일이기에 끝까지 책임감을 가지고 '이왕 하는 거 잘 끝내 봐야지.' 하는 마음으로 포기할 뻔했다가도 다시 일어섰어. 그렇게 일어설 수 있었던 건 주변 사람들 덕분이었지.

4월 3일이 되기까지 4일 정도 남았던 날부터 나는 아침 일찍 일어나 친구들과 선거운동을 했어. 이때 친구들이 나 때문에 일찍 일어나느라 정말 고생해 줬어. 열심히 만든 피켓도 열심히 흔들고 목 아프게 소리도 질렀는데, 그게 도움이 됐을지는 솔직히 잘 모르겠더라. 참 나도 친구들도 고생했지만, 나름 재미있었던 것 같아. 다른 후보자들과 경쟁 하는 것도 스트레스를 엄청 많이 받았지. 근데, 나는 '이런 것이 선거구나.' 하는 것을 깨닫게 되었어. 생애 처음으로 선거를 출마해 보았기에 새로운 감정과 느낌이 많았었던 것 같아. 새롭고, 신기하고, 무엇보다 어려웠고, 선거 날이 앞당겨질수록 긴장되기도 했지. 근데 뿌듯함도 있었던 것 같아.

그렇게 시간이 빠르게 흘러 선거 당일인 4월 3일, 이날이 내가 태어난 이후로 역대 급으로 가장 많은 사람들 앞에서 말을 해 본 날이 아닌가 싶어. 전 학년, 거의 600명이었을 거야. 정말 어마무시하지? 나도 어떻게 했나 싶어.

친구들의 응원도 당일엔 부담스러울 정도였어. 하지만 나는 차분히 내 소견문을 계획대로 발표했고, 친구들의 격려를 들으며 단상에서 내려왔지. 사실 내 차례를 기다리면서 심장이 너무 심하게 뛰어서 입 밖으로 심장이 나오는 줄 알았다니까. 이 기분은 겪어본 사람만이 알아. 무엇보다 소견문을 발표하고 나서의 후련함은 정말 말로 표현하기가 어려울 정도였지.

그래서 결과가 어땠냐고? 비록 결과는 당선된 후보와 20표 남짓 차이가 나서 전교부회장이 되진 못했어. 하지만 기호 2번 이미소로써의 경험은 평생 못 잊을 거야. 친구들에 대한 고마움, 힘들면서도 포기하지 않았던 그 당시의 나를 생각하며 지금도 열심히 나아가는 중이야. 그리고 앞으로 있을 선거에도 참여할 생각이 들더라. 자신감이 붙은 것 같아. 확실한 건, 이때의 도전이 나의 자신감을 북돋아 준 결정적인 계기였다는 거야.

친구와 다투었을 때 이 시 어때?

> "
> 앞으로 우리는 더 많은 일들을 마주하게 될 거야.
> 그때마다 모든 게
> 좋아지리라는 보장은 없어.
> "
>
>
>
> - 새벽 세시, 「위로」[21] 중에서

   내가 좋아하는 사람이 생겼을 때 다투고 나면 항상 '아, 이게 맞는 것일까?'라고 생각하곤 했어. 그럴 때마다 항상 나는 스스로를 책망하고 상대방을 미워하기도 했지. 근데 이 시의 구절처럼 "앞으로 우리는 더 많은 일들을 마주하게 될" 텐데, 좋은 일만 있을까? 그럴 리는 절대 없지. 생각해 보면 정말 나는 더 많은 일들을 마주하게 될 것이고 그게 다 좋아지리라는 보장이 없지. 그래, 나는 이렇게 살아가야 하고, 우리는 이렇게 살아가면 되는 거라 생각해. 그래도 나를 온 마음 가득히 사랑하는 사람은 남아 있을 테니까.

21) 새벽 세시, 2016, 『새벽 세시』, 경향BP

누군가 보고 싶을 때 이 시 어때?

> "
> 시름을 달래며 늘 머뭇거리다가
> 가슴을 저미며 돌아서기보다는
> ……
> 마음에 품고 있던 사랑을 미련하나 남기지 말고
> 다 쏟아내야 한다.
> "
>
> – 용혜원, 「그리움이 몰려올 때면」[22] 중에서

나는 가끔 초등학교 때 친구들이 그립더라. 서로 바쁘게 사느라 한참 잊고 지내다가도 우연히 떠올리면 전화를 해서 약속을 잡곤 했지. 그렇게 친구들을 오랜만에 만나면, 두 손을 잡고 폴짝폴짝 뛰었어. 그때 동안 보고 싶었던 마음을 다 표현해 낸 거지. "뜨겁게 달구는 포옹 속에 마음에 품고 있던 사랑을 미련하나 남기지 말고 다 쏟아내야 한다."라는 구절에서 친구들을 오랜만에 만나던, 그때의 상황이 생각 많이 나더라.

마음에 품고 있던 사랑을 미련하나 남기지 말고 다 쏟아내야 한다는 말이 내 경험에 비추어 보면 나도 정말 그리워했던 사람을 만났을 때 내 마음에 품고 있던 사랑, 그리움을 미련하나 남기지 말고 다 쏟아냈던 것 같아. 다 쏟아내고 후회가 없을 만큼.

22) 용혜원, 2015, 「보고 싶다」, 책만드는집

내가 미울 때 이 시 어때?

> "
> 비가 내리면
> 나무들은 어깨를 힘차게 들고
> 몸매를 힘껏 뽐낸다.
> "
>
> – 용혜원, 「비가 내리면」[23] 중에서

눈물이라는 것은 슬플 때 흘리는 것, 화날 때 흘리는 것. 이처럼 눈물을 항상 부정적으로 생각해 온 나에게 이 시는 다른 인상을 주었어. 눈물은 누구나 꼭 흘리기 마련이지, 사람이라면. 슬플 때 눈물을 흘리는 것은 당연하기도 해.

나도 눈물을 흘리고 나면 항상 생각이 많아지기도 하고. 극복을 못할 때도 많아. 하지만 극복했던 적도 있지. 그때 눈물을 흘렸던 기억을 되살려 다음엔 그러지 말아야겠다, 하고 마음을 다시 잡기도 해. 그게 "비가 내리면 나무들은 어깨를 힘차게 들고 몸매를 힘껏 뽐낸다."라고 하는 것 같아.

비가 내려도 몸매를 힘껏 뽐낸다는 것. 누구든 눈물로 성숙해질 수 있다고 생각해. 나도 그러고 싶고. 이 시에서처럼 눈물로 자신감을 얻어 살아가는 사람이 되고 싶어. 사실 지금도 눈물이 그리운 것 같아.

23) 용혜원, 2015, 「보고 싶다」, 책만드는집

rEviEw

 나는 최선을 다해서 나의 '처음'에 대해시 말해 보았어. 정해진 분량이 있었기에 더욱 자세하고 재미있게 말은 하지 못해서 아쉬워. 하지만 기회가 된다면 나는 내 이야기를 나중에라도 꼭 써 보려고. 너희들은 어떤 기분이 들었어? 너희들도 내 글을 읽고 '나의 처음은 어땠을까?' 하며 질문을 던져 볼 기회가 있었다면 좋겠어.

 내 인생의 극히 일부였고 흥미롭진 않아도 나는 열심히 글을 썼어. 몇 번씩이나 글을 처음부터 다시 쓰고, 디자인을 어떻게 해야 조금이나마 더 많은 사람들이 관심을 가져 줄까 싶어 고민하면서 내 경험을 더 풍부하게 만들 수 있었던 것 같아.

 여기까지 읽어 줬다면 정말 고마워. 다들 나처럼 새로운 처음과 도전을 경험하면서 열심히 살아가길 바라.

THE FEELING RESTAURANT

WRITING / PHOTO 이소현

이 소 현

할아버지는 새벽에 태어난 말띠인 나를 보시며
말이 깊게 잠든 시간에 태어났으니 얌전할 거라고 말씀하셨다고 한다.

말이 씨가 된다더니 나는 유치원에 가서도 신나서 춤추는 친구들 사이에서
혼자 목각 인형처럼 가만히 서서 노래만 흥얼거리던 유치원생이었고
어른들 앞에서는 말도 잘 안 하고 주는 간식도 마다했다.

사실 난 춤도 노래도 좋아하고
과자도 종류별로 다 먹어본 만큼 사랑하지만
몸과 마음이 따로따로 놀아 버려서 조금 곤란한 18살이다.

물 냄새_main 1

아빠는 수상스키가 취미셨다. 덕분에 나는 기억도 안 나는 어릴 적부
터 아빠가 수상스키 타러 가는 것을 따라다녔다. 매년 여름 초가 되면
놀러 갈 생각만 해도 설레었다. 본격적인 여름이 시작되고 매주 금요일
저녁이면 1박 2일을 위해 동생과 함께 가방에 짐을 쌌다. 여름 매주 토
요일 오후는 일을 끝내신 아빠의 전화를 기다리는 것이 일주일과도 같았

다. 토요일 저녁 놀러가자는 아빠의 전화에 나와 내 동생은 전화를 받자 마자 가방을 들고 뛰쳐나갔다. 나는 캠핑용품이 항상 들어 있는 아빠 차를 타고 시원한 에어컨 바람을 쐬며 안동 댐에 가는 길이 정말 좋았다.

대구를 떠나기 전에 보트 보관소에 들러 아빠 차와 보트를 연결해 안동으로 출발했다. 아빠 차와 보트가 연결될 때 차 안에 있으면 덜컹거리는 느낌도 좋았다. 이제 안동으로 출발한다는 신호였기 때문이다.

휴게소에 들러 편의점에서 사이다 한 캔을 사서 마시며 가다 보면 안동 톨게이트에 우뚝 서 있는 장승들이 아빠 차를 반겨 주었다. 그렇게 몇 분을 더 달려 큰 도로의 끝에 있는 마트에서 장을 볼 때가 누구의 잔소리 없이 과자를 마음껏 살 수 있는 시간이었다. 그중에 내가 가장 좋아했던 대형 사이즈의 홈런볼 2개를 품에 안고 기분 좋게 마트 밖을 나왔다. 1개가 동생 것이라는 사실은 마음에 안 들었지만 말이다. 과자와 고기를 장바구니 가득 채워 어둡고 긴 산길을 계속 지나가다 보면 밝고 큰 안동 댐이 갑자기 나타났다. 물가에 자리를 잡고 텐트에 가만히 누워 있으면 물 냄새와 물소리가, 모기향과 벌레 소리가 가득 찼다. 여러 냄새와 소리가 가득한 하룻밤이 지나고 아침이 오면 보트에 기름 넣는 냄새와 여기저기서 온 보트의 엔진 소리를 들으며 일어났다. 이른 아침인데도 불구하고 여기저기서 부지런하게 온 낚시꾼들과 놀러 온 가족들이 가득 있었다.

옆에서 자고 있던 동생은 이미 나가고 항상 나만 제일 늦게 일어나 밥을 먹으러 텐트를 나가면 이제 막 도착한 삼촌들과 언니, 동생들이 천막을 치고 있었다. 나는 빨리 물에 들어가 놀고 싶어서 급하게 아침밥을 먹고 구명조끼를 입었다. 구명조끼를 입는 것 하나는 아빠의 끊임없는 교육으로 인해 누워서 떡 먹이어서 나는 항상 제일 빨리 입고 동생들의 구명조끼 끈을 단단히 조여 주었다.

수상스키를 타기 위해 보트를 출발시키는 아빠와 삼촌들을 배웅하며 우리는 물에 뛰어들었다. 여러 가지 놀이가 있었지만 그중 우리들이 가장 좋아했던 놀이는 '파도타기'였다. 보트가 우리가 노는 곳 근처에 지나갔을 때, 잔잔한 물결만 있던 곳에 크게 일렁이는 파도가 몰려왔다. 그때 몰려오는 파도로 다가가 파도를 타고 있으면 워터파크 부러울 것이 없었다.

보트도 타며 아빠의 수상스키 타는 모습도 보며 하루를 보내고 가장 진한 노을이 지는 시간에 집으로 돌아갔다. 산길을 내려가며 차 안으로 들어오는 바람은 그 시절 나에게 있어 세상에서 가장 시원하고 정말 아쉬운 바람이었다. 집에 도착하면 나와 내 동생은 항상 아쉬워하며 또다시 일주일을 기다렸다. 아쉽지만 지금은 예전처럼 물놀이를 가지 않는다. 작년 야영 때 바다에 들어가기 위해 능숙하게 구명조끼를 입고 친구들의 끈을 조여 주고 바다에 들어가 물속에서 발을 휘휘 저을 때 나는 오랜만에 만난 설렘을 감출 수 없었다. 아빠와 놀러 다녔던 그날들 이후로 물 냄새만 맡아도 이 순간들이 떠오른다.

돌아가고 싶은 날_main 2

누군가 나보고 돌아가고 싶은 날이 있냐고 묻는다면 당연히 중학교 3학년 때라고 답할 것이다. 그만큼 나에게 있어서 제일 소중하고 재미있던 시절이기 때문이다. 그중에서 가장 재미있었던 순간을 말해 보자면, 역시 경찰과 도둑을 할 때다. 경찰과 도둑은 경찰 팀과 도둑 팀으로 나누어서 하는 술래잡기다. 쉬는 시간 10분 내에 끝내야 해서 수업이 끝나는 종이 땡 하고 치자마자 10명 정도가 모여 "뺀더 뺀더 더 뺀더!"라고 외치면서 손바닥을 위아래로 뒤집어 편을 가르고 4층에서 운동장까지 뛰어 내려갔다.

나는 도둑을 좋아했다. 그래서 일부러 친구들의 눈치를 봐가며 손바닥을 몰래 교묘하게 뒤집어서 도둑을 하기도 했다. 아, 그렇다고 경찰이 걸렸다고 대충 한 건 아니지만 난 경찰 체질은 아닌 것 같더라. 경찰이 10초를 세는 동안 학교 운동장과 학교 건물 밖에 숨어야 했다. 절대 건물 안으로 들어가지 않기로 규칙을 정했기 때문이다. 숨고 나서는 혹시나 들킬까 봐 조마조마했다. 심장이 터질 듯이 뛰고 막 몸이 간지러운데 어디가 간지러운지 모르는 그 느낌. 딱 롤러코스터가 하강하는 그 순간의 느낌과 비슷해서 도둑을 좋아했나 보다.

경찰 팀은 진짜 경찰처럼 무섭게 도둑을 잡기 위해서 눈에 불을 켜고 학교 구석구석을 돌아다녔고, 나를 비롯해 도둑 팀은 진짜 도둑처럼 교묘하고 얍삽하게 발을 굴리며 돌아다녔다. 하루는 차 뒤에 숨죽이고 숨어있었는데 멀리서 소리를 지르며 쫓기는 친구가 보이길래 그 모습이 너무 웃겨서 크큭하고 웃음이 입을 막아도 계속 흘러나와 잡힌 적도 있다.

게임을 할 때마다 보는 친구들의 웃긴 몸 개그와 말 때문에 항상 배 아프게 웃었다. 아마도 내가 제일 많이 웃었던 날들이 아니었을까 싶다.

열심히 운동장을 뛰어다니며 누빈 탓에 운동장은 항상 뿌연 흙먼지가 피어올라서 잘 가라앉지도 않았다. 흙먼지와 땀 냄새를 뒤집어쓴 채 터질 듯한 심장을 부여잡고 반으로 돌아오면 다른 반 친구는 경악을 하며 미쳤다고 했지만 난 정말 재미있었다.

이것 말고도 전단지로 종이비행기를 접어 누가 누가 멀리 날리나 대결도 하고 가정통신문을 뭉쳐서 만든 공으로 교실 뒤에서 축구도 했다. 아 종이비행기 때문에 도덕 선생님이 한 번만 더 날리면 졸업 안 시켜준다고 우리에게 협박하신 적도 있었다. 그리고 종이공이 생각보다 정말 단단하다. 그래서 졸업 전날까지 창문을 8번을 깼다, 8번을. 이렇게 말하고 보니 선생님들께서 화나실 만했구나. 그런데 우리는 눈치 없이 혼나는 와중에도 장난을 치고 있었으니. 많이 그립다. 그때의 풍경, 냄새, 갈증까지 모두 다. 만약 다시 그때로 돌아가서 같은 반 친구들과 술래잡기를 한다면 하루 종일이라도 뛸 수 있을 텐데.

향수병_main 3

　역시나 중학교 3학년 때다 중학교 3학년을 지나온 사람들은 알 것이
다. 다른 학년들보다 마지막 기말고사를 1달 일찍 치는 것을. 우리 학교
는 기말고사를 치고 방학식까지 한 달 하고도 2주 조금 넘게 걸렸던 것
이 기억난다. 그때까지 3학년들은 자유였다. 뭐 다들 똑같이 지루하게
영화를 보거나 자거나 수업한다는 소리에는 인상 쓰기 마련이다. 우리도
그랬다. 하지만 다른 반과 다른 점이 있다면 바로 쉬는 시간이었다. 뭐
경찰과 도둑도 당연히 쉬는 시간에 했고, 종이비행기랑 공놀이 그게 또
기억에 남는다. 이야기를 시작하려니 벌써부터 웃음이 나온다.

　음, 종이비행기 날리기는 어쩌다가 시작되었냐면. 기말고사가 끝난
후나 그 전에 특성화고에서 학교로 보내온 홍보지들이 각 반마다 뭉텅
이로 있었다. 시험이 끝나고 심심한 우리에게는 딱 가지고 놀기 좋은 유
치한 장난감이 됐었다. 기억은 잘 안 나지만 누군가 그 종이로 비행기를
접었었다. 그 뒤로 너도나도 접다 보니 기상천외한 비행기들이 대거 등
장했다. 그때 딱 생각난 것은 누구 비행기가 제일 멀리 날까? 다들 이 생
각뿐이었다. 그리고선 냅다 창문을 열고 창틀에 붙어 동시에 4층에서 운
동장으로 비행기를 날렸다. 제일 잘 날 것 같고 미래지향적으로 생긴 날
리자마자 화단으로 직행하는 1호, 제일 클래식한 디자인이지만 나름 운
동장 시작 부분까지는 갔던 내가 만들었던 2호, 정말 이게 과연 날 긴 할
까? 싶었지만 꽤 멀리 간 3호, 역시나 날지 못할 것 같았던 4호 등 쉬는
시간마다 각자 들고 오는 비행기 디자인들이 달랐다. 어디서 그런 디자

인들이 쑥쑥 나오는지, 나는 어릴 때 접어본 게 다라서 제일 클래식한 비행기밖에 접지 못했지만. 어느 날 친구 한 명이 재미있다고 비행기 날리는 우리 모습을 동영상으로 찍어서 페북에 비행기를 날린 친구들을 태그해서 올렸었다. 근데 다음날 학교에 와 보니 세상에나 화이트보드에 파란색 마카로 그 게시물에 태그 된 나를 포함한 모든 친구들의 이름과 함께 한 번만 더 날리면 졸업을 안 시킨다는 메시지와 맨 아래에는 도덕 선생님의 성함이 적혀 있었다. 이게 어떻게 된 건가 싶어서 곰곰이 생각해 보니 학교의 대부분의 학생들이 도덕 선생님과 페북 친구였다는 사실과 도덕 선생님이 그 게시물에 좋아요를 눌렀다는 섬뜩한 사실도 떠올랐다. 창문 밖을 보니 전날에 날린 비행기도 없어졌으며 그날, 교내에는 창문 밖으로 종이를 날리지 말라는 방송이 울렸다.

남학생들은 교실 뒤 남는 공간에서 축구를 즐겼다. 꽤 공간이 넓어서 미니 축구를 하기에 딱 좋았다. 축구를 안 하는 친구들은 사물함 위에 앉아서 가끔씩 심판도 봐주며 경기를 구경했다. 공은 그냥 축구공이 아니었다. 31번 사물함 속에 모아둔 집에 들고 가지도 않는 모두의 가정통신문들이 주재료랄까? 그 종이를 뭉치고 뭉쳐서 내 주먹 두 개만한 크기가 되면 테이프를 둘둘 둘러서 공을 만들었다. 그 공 생각보다 정말 단단했었다. 평소같이 친구 두 명이 공놀이하는 것을 구경하고 있었는데 한 명이 생각보다 공을 세게 차서 2중 유리창에 금이 가고 말았다. 안 그래도 그 공으로 창문을 6번이나 깬 마당에 선생님께 혼나는 것이 무서웠던 그 친구는 변명을 떠올렸는지 환한 얼굴로 교무실로 갔다. 얼마 지나지 않아 그 친구는 선생님과 함께 교실로 들어왔는데 뭔가 이상했다. 선생님이 그 친구에게 괜찮냐며 걱정을 하며 들어오시는 것이 아닌가. 그 친구는 머리를 붙잡고 최대한 울상인 표정을 한 채 "예, 선생님. 괜찮아요."라고 말하고서는 깨진 창문을 보여 주고 선생님은 얼마 안 돼서 다시 교무실로 돌아갔다. 친구에게 자초지종을 물었더니 그 친구의 변명이 참, 신박했다. 실수로 발을 헛디뎌 유리창에 머리를 박아 그만 깨지고 말았다고 했더니 예상 외로 선생님이 심각한 표정으로 병원에 가야 하는 거 아니냐고 하더라며 해맑게 웃는 그 친구를 보며 우리는 아무 말도 하지 못했다.

중3 시절은 정말 소중한 추억들이 많았다. 그만큼 내가 오래 머무르고 싶기도 했지만 시간은 언제나 사정없이 흘러갔다. 향수병, 고향을 그리워해서 생기는 병이라고 한다. 익숙하던 것에서 모든 게 바뀌었던 고등학교 1학년에 나는 조금 오래 향수병에 걸렸었다. 뭘 해도 중3 때가 더 좋았다며 속으로 중얼거리고 마음에 안 들어했다. 중3 때를 벗어나지 못해서 학교에 잘 적응하지 못하고 정도 못 붙인 채 고1 생활이 어서 끝나기를 원하고 또 원했다. 그렇다 보니 지금 나에게는 고등학교 1학년의 내가 없다. 2학년이 되고 나은 듯했지만 아직도 가끔씩 친구들에게 '중3 때는 ~했었어.'를 입에 달고 있는 모습을 보인다. 사실, 아직도 내 향수병은 낫지 않은 것 같다. 언젠가부터 나는 중3 때로 돌아가고 싶은 고향으로 생각하고 있었나보다. 하지만 추억은 추억으로만. 중3 때와 비교하며 지내오다 정신을 차려 보니 허무하게 보내 버린 고1을 후회하며 작년부터 주문처럼 하는 생각이다. 아무리 원해도 지금 나는 중3이 아니다. 시간은 되돌릴 수 없다. 그때 함께했던 친구들은 이미 각자 제 갈 길을 가고 있고 나도 가야 할 길이 있다. 그리고 가끔씩 그리워서 들어간 연락이 끊긴 지 꽤 오래된 단톡방 스크롤을 올렸다 내리며 다시 정신 차리고 생각한다.

'그리워하며 곱씹고 곱씹으면 뭐해 아무도 없는 그곳에서 나 혼자 경찰과 도둑하고, 종이비행기 날리고, 잘하지도 못하는 축구만 흉내낼 뿐인걸.'

아리다_main 4

　"까—똑" 아빠에게서 온 사진 속에는 베이지색 털을 가진 강아지가 있었다. 아빠는 사무실 옆 공장에서 태어난 골든 리트리버 믹스 강아지라고 소개했다. 철장에서 빼꼼 고개를 내밀고 있는 사진을 보고 반해 아빠와 나는 의기투합하여 가족과 상의 없이 무작정 데리고 오기로 결정했다. 강아지가 우리 집에 오는 그날 나는 학교에서 머리를 쥐어짜며 강아지 이름을 지었다. 내가 지은 이름은 '월(月)'이었었다. 그 사진 속의 눈동자 속에 달이 떠 있었기 때문에 그렇게 짓기로 결심했으나 친구들이 촌스럽다고 해서 결국에는 이름을 정하지 못한 채 집으로 갔다. 집에 돌아와 동생에게 우리 집에 곧 강아지가 온다고 고백하였고 나는 동생과 다시 이름을 고민했다. 동생은 잠깐 고민하더니 "아이보리색이니까, 보리 어때?"라고 나에게 말했다. 나는 동생의 제안을 듣고 처음에는 화를 냈다. 보리라니 너무 흔하지 않은가 하지만 보리에게 보리만큼 어울리는 이름이 없었다.

얼마 있지 않아 도착했다는 아빠의 전화에 주차장으로 내려가 차문을 열어보니 사진 속 아이가 내 눈앞에 있었다. 얌전히 앉아 있는 그 아이를 조심히 안았다. 너무 따뜻하고 포근해서 내 입꼬리는 내려가지 않았고 현관 앞에 가만히 서 있는 그 아이의 모습을 화장실에서 막 나오신 할머니께서는 보시고 경악을 금치 못하셨다. 아빠는 새로 산 분홍색 밥그릇에 사료를 부으며 이름은 뭐라고 지었냐고 물었고 괜히 쑥스러워져서 나는 부끄러운 목소리로 보리라고 작게 답하였다.

보리는 나와 눈을 잘 맞추어 주지 않았다. 그리고 나에게 먼저 다가와 주지도 않았다. 보리는 동생과는 벌써 친해져 있었고 아빠를 보면 제일 힘차게 꼬리를 흔들었다. 정말 속상했다. 그런데 어느 날 소파에서 학원 숙제를 하던 나에게 보리가 내 옆으로 다가와 내 허벅지에 머리를 기대며 누웠다. 허벅지에 닿은 보리의 복슬복슬한 털의 감촉은 더 이상 말할 것도 없었고 혹시나 만졌다가 보리가 도망갈까 봐 나는 자리에서 돌처럼 굳은 채 광대만 하늘로 솟았다.

보리의 예방접종이 모두 끝나고 드디어 산책이 가능하다는 아빠의 말에 당장 펫샵으로 달려가 용돈으로 보리에게 어울리는 갈색 체크무늬 목줄을 샀다. 나는 엉성한 목줄을 한 보리를 데리고 산책을 나갔다. 보리는 내 품에서 내려오자마자 세차게 달려나갔고 힘차게 달리는 보리는 점점 커져 목줄이 작아져서 새로 사야 했다.

엄청나게 커진 보리는 엄청나게 활발했다. 가족들은 모두 바쁘고 학원 때문에 바쁜 나도 너무나도 활발한 보리가 힘들었다. 어느 날 무슨 바람이 들었는지 문득 아침 산책을 하게 되었다. 안개가 가득한 그날 산책을 하다 우연히 얘기를 나누게 된 아주머니께서는 꼭 끝까지 책임지라는 당부를 하셨고 난 당연히 책임지겠다고 답했다.

　독서실에 있다 잠깐 들른 집은 난장판이었다. 그 순간 쌓여 왔던 버거움이 한꺼번에 터져 버렸고 보리에게 언성을 높이며 혼을 내 버렸다. 그 뒤로 나는 보리를 외면했고 보리가 왔던 곳으로 다시 돌아가는 그날까지 난 보리와 눈조차 마주치지 않았다. 다시 아빠 차에 태우는 그 순간까지도. 보리를 보내고 그날 오후는 후련했다. 하지만 가끔씩 아빠에게 걸려오는 영상통화에 보리가 내 얼굴과 목소리를 듣고 꼬리를 흔들며 달려오는 모습을 보고 나서 어딘가가 불편해지고 깨달았다. 나의 작고 어린 마음과 행동 때문에 작고 어린 보리는 얼마나 상처받았을까. 가끔씩 갑자기 보리가 내 마음을 확 찌를 때가 있다. 정말 아리다. 꾹꾹 쥐어짜내어지는 느낌이 목구멍까지 차오를 때마다 그걸 참는 게 더 힘들고 싫다. 그래도 지금 보리를 위해 내가 할 수 있는 것은 매일 내 어리석음을 반성하는 것, 그리고 다시는 책임지지 못할 행동을 하지 않는 것.

내가 자꾸 변할 때 이 시 어때?

"
길가에 지은 집처럼
너무 많은 밑줄이 너를 지나갔다.
"

- 여태천, 「낭독증」[24] 중에서

How does it taste?

처음에는 '길가에 지은 집처럼 너무 많은 밑줄이 너를 지나갔다' 이 구절이 마음에 들었지만 왜 마음에 들었는지 생각하지 못했다. 하지만 읽으면 읽을수록 나를 스쳐 지나간 많은 말들이 있었다는 것이 생각났다. 어떨 때는 "너는 활발해.", 또 어떨 때는 "너는 소심한 것 같아.", 누구는 "너 정말 꼼꼼하구나.", 또 누구는 "너 진짜 피곤한 성격이다."라고 말하는 걸 듣게 된다.

나에 대한 정반대의 평가들을 대하며, 그런 말들을 들을 때마다 헷갈린다. "아 그런가?", "그렇긴 하지." 나 자신을 소개할 때마다 양파처럼 끝도 없이 나 자신이 달라졌다. 사실 아직도 나는 내가 어떤지 잘 모르겠다. 그렇지만 앞으로 다른 사람들의 말에 의해 변해가는 내가 아니라 진짜 나를 만들어가도록 해야 하고, 나를 알아야 하지 않을까?

24) 여태천, 2008, 『스윙』, 민음사

삶에 지칠 때 이 시 어때?

> "
> 내게는 사는 일이
> 왜 건너는 일일까?
> "
>
> - 백무산, 「강박」[25] 중에서

How does it taste?

생각해 보면 항상 노력해 왔다고 생각했던 일이 뒤돌아보면 아무것도 남는 것이 없어 허무한 적이 많았다.

"내게는 사는 일이 왜 건너는 일일까?"

나는 이리저리 치이고 힘겹게 하는 과제를 남들은 아무렇지 않게 하는 것을 보고 부러워했고, 상대적 박탈감을 느낀 적도 있었다. 남들은 쉽게 하는 일을 정작 나는 어려워서 쩔쩔매고 있을 때 나 자신에게 화가 난 적이 적지 않다. 화가 나서 울면 그걸 보고 어른들은 나보고 '욕심이 많아서'라고 했다.

맞는 말이다. 난 욕심이 많다. 나도 누군가처럼 모든 과제들이 술술 풀리길 바랐다. 하지만 남을 의식하고 똑같은 것을 원하며 스트레스 받는 행동은 나를 더욱 힘들게 만들 뿐이었다. 가장 중요한 것은 노력해 온 나를 칭찬하는 일이 아닐까?

---

25) 백무산, 2003, 「초심」, 실천문학사

후기

드디어 길고 긴 마라톤이 끝난 기분이 들어요. 사실 저는 글쓰기라고 는 보고서만 써 본 이과생이라서 자서전 쓰기에 큰 의미를 두지 않았고 문장도 딱딱 끊기기만 했어요. 하지만 저는 제 경험을 남에게 말해 주는 것을 좋아합니다. 그러다 보니 자서전을 쓰면 쓸수록 점점 재미있어지더 라고요. 다시 이런 기회가 주어진다면 그때는 제 이야기보따리를 모두 풀어야겠어요. 그 전에는 책을 많이 읽어야 할 것 같아요.

친구에게 머릿속 생각이 잘 표현되지 않는다고 고민을 털어놓으니 책 을 안 읽어서 그렇대요. 사실이라서 아무 말도 못했어요. 아, 갑자기 국 어 선생님께서 지나가시며 하신 말씀이 생각이 나네요.

"자서전처럼 살아라!"

뭐, 아직 남들이 쓴 자서전처럼 화려한 스펙을 갖춘 삶을 살아오지는 않았지만 이것 하나는 확실해요. 저는 계속 앞만 보고 사는 삶이 아닌 뒤를 돌아보며 반성할 줄 알고 생각할 줄 아는 삶을 살아가며 저를 빛내 기로요. 어른들이 좋을 때라고 말하는 열여덟 살의 저에게 오랫동안 기 억될 추억을 만들 수 있게 도와주신 모든 분들께 감사합니다.

시각, 청각, 후각, 미각, 촉각 오감을 중심으로 감각 레스토랑을 열었 습니다. 문을 연 지 얼마 되지 않은 식당이라 코스 메뉴가 하나밖에 없 답니다. 가격도 아직 정하지 못하였어요. 여러분들이 만족하신 만큼 지 불해 주세요. 무엇이든 감사히 받겠습니다. 나중에 다시 오시면 더 많은 메뉴가 있을지도 몰라요.

다시 방문하실 때까지 레스토랑은 잠시 휴업합니다.

늘예솔

; 언제나 예쁘고 소나무처럼 변함이 없다

WRITING / PHOTO 이예솔

이 예 솔

장난치기를 좋아하는 수다쟁이인 나는

하늘과 달을 좋아하며

악기 다루기를 좋아하여

음악 없인 못 살게 되었고

추억 남기기를 좋아하여

사진 찍기와 영상 찍기를 좋아하게 되었다.

정신없는 어느 여름날

중학교 3학년이던 2017년 내 인생에서 마지막 관악부 전국대회가 있었어. 대회를 위해 학기 중에는 아침 시간에 일찍 나와 연습을 하고, 점심시간에는 1등으로 밥을 먹고 관악실에 모여 연습하고 종례가 끝난 후 하루 중 마지막 연습을 했어. 대회가 한 달 정도 남은 방학에는 학교에 나와 오전 내내 대회 곡을 연습하고 일주일 동안은 다른 지역에 가서 합숙하면서 하루 종일 연습에 집중했어.

마지막 전국대회인 만큼 긴장도 많이 되었고 우리 학교는 항상 잘해야 한다는 부담감이 컸어. 대회 일주일 전부터 매일 밤마다 기도했어. 떨지 말고 우리 실력 다 보여 주고 오게 해 달라고. 드디어 전국대회 날이 되었고 아침에 연습을 조금 한 후 대구에서 함양으로 떠났지. 함양으로 가는 버스 안에서 얼마나 떨리던지. 버스 안에서부터 무대를 올라가기 직전까지 가슴이 쿵쾅쿵쾅 뛰었어. 계속해서 기도만 반복할 뿐이었고 내 손을 잡아준 클라리넷 친구들이 내겐 큰 힘이 되었지. 안 떨어야겠다고 해놓고 내가 제일 떨어서 좀 웃기지?

벌벌 떨면서 초등학교 다닐 때부터 수십 번이고 올랐던 뜨거운 조명이 내리쬐는 무대에 올라갔어. '틀리면 어떡하나 템포가 빨라지면 어떡하지'라는 부정적인 생각이 가득 했어. 막상 연주를 시작하니까 생각들은 사라지고 음악을 즐기게 되더라. 그래서인가 편안한 마음으로 내 모든 것을 보여 줄 수 있었던 것 같아. 나의 걱정과는 달리 우리는 연습 때 보다 훨씬 더 좋은 소리로 연주했어. 무대에서 준비한 곡들을 연주한 후에 긴장이 확 풀리더라.

한여름 뜨거운 햇살 아래에서 결과를 기다리던 우리는 드디어 결과가 눈앞에 다가왔어. 나는 악장이어서 무대 위에 올라가서 시상식을 했지. 가나다 반대 순서로 대회에 참가한 중학교 모두가 무대에 서서 발표가 나기만을 기다렸어. 그러다가 갑자기 앞에서 우리 학교와 라이벌인 예산 중학교가 최우수상이라는 거야. 그 순간 난 진짜 머릿속이 새하얘졌어. 너무 혼자 있는 느낌이 들어서 뒤에 있는 부악장 손을 잡았어. 조금 마음이 나아지더라. 그렇게 우리 학교 앞 학교까지 상을 받고 드디어 우리 학교 차례가 되었어. 근데 자꾸 미루고 미루고 또 미루시는 거야. 난 정말 당황했어.

'어 뭐지?'라는 생각이 든 순간 "동원중학교 최우수상!"이라는 말이 들려왔고 정신을 차려 보니 내 양손에는 트로피랑 상장이 들려 있었어. 긴장이 풀려서인지 아니면 우리가 최우수상을 받았다는 안도감 때문인지 계속 눈물이 나더라고. 아, 오해할까 봐 미리 말해 두는데 무대에선 절대 안 울었어. 진짜야. 상 다 받고 내려와서 엉엉 울었지. 웃기지? 행복해서 웃어야 할 것만 같은 상황인데 길 잃은 어린 애처럼 울기나 하고. 사실 내가 눈물이 좀 많아. 울면서 밥도 먹고 사진도 찍고 교장 선생님 말씀도 들었어. 진짜 얼마나 운건지 나도 잘 모르겠다. 그 모습이 웃기셨던지 선생님이 날 찍어가셨어. 그 사진 보니까 난 진짜 너무 슬퍼 보이고 선생님은 정말 행복하게 웃고 계셨어. 엉엉 우는 내내 후배들도 다 날 쳐다봤는데 지금 생각하니까 조금 부끄러운 것 같기도 하네. 눈물을 한 바가지 흘리고 대구에 도착하니까 눈이 없어졌더라.

사실 이건 비밀인데 서명환 선생님이랑 파트 선생님들은 이미 알고 계셨대. 최초로 최우수상이 두 팀이 나온 걸 말이야. 그리고 무대 아래에서 내 당황을 감추지 못한 얼굴을 보고 웃고 계셨고. 진짜 너무하시지? 나는 얼마나 심장이 떨어지는 줄 알았는데 너무해. 한참 후에 그 이야기를 들으면서 무대 아래에서 본 내 모습이 얼마나 웃겼을지 상상 되더라. 난 그때부터 지금까지 아직도 동원 중에 놀러가면 이 이야기로 놀림 받곤 해. 3학년 내내 얼마나 놀리셨던지. 그 일을 모르는 사람은 없을 정도야. 그래도 뭐 어쩌겠어. 내 제일 소중한 순간인데.

붉은 도적단

　어느 날 밤 페이스북을 보고 있던 나는 이월드에서 산타 서포터즈를 모집한다는 게시물을 보게 되었어. 하고 싶다는 마음이 들기는 했지만 '에이 같이 할 사람도 없고 내가 이런 걸 해서 잘 하겠어?'라는 생각으로 글을 읽다가 껐어. 산타 서포터즈에 대한 생각이 사라질 때쯤 아는 동생이 같이 하자고 연락이 왔어. 같이 할 사람이 없어서 고민이던 나는 "너하면 할게."라고 했고 그 친구와 함께 지원하게 되었어. 지원서에 쓴 내용 중 제일 기억에 남는 건 "저는 빨간색이 아주 잘 어울리는 사람입니다. 산타복은 빨간색이니까 빨간색이 잘 어울리는 저는 당연히 산타복도 잘 어울리겠죠?"야. 지금 생각해 보니까 나 되게 엉뚱하네. 나는 정말 정성을 다해 지원서를 작성했어. 그래서인지 난 붙어 버렸어. 아니지 붙게 되었어. 근데 나랑 같이 지원한 친구는 떨어져 버렸어. 알고 보니까 엄청 대충 썼다고 하더라고. 그래서 좌절하고 있던 나에게 불행 중 다행으로 친구가 생겼어. 같이 가기로 한 동생의 친구였는데 나와 같은 상황이었어. 한마디로 둘 다 버려진 거지. 붙은 나는 단톡에 들어가게 되었고 2조가 되었어. 다른 친구는 1조가 되었고. 또 혼자 남겨진 나는 '과연 내 관종력을 보여 줄 수 있을까?'라는 고민을 했지. 낯을 조금 가리는 나와 우리 조원들은 어색하게 조 이름을 '붉은 도적단'으로 하기로 결정을 했어. 그리고 한 이틀 뒤쯤 나와 같이 지원했다가 떨어진 친구가 추가로 합격을 했다는 거야. 근데 애도 1조라고 해서 마음이 공허했어. '이왕 이렇게 된 거 재미있게 놀아보자!'라고 결심을 하고 잠자리에 들었지.

11월 2일 토요일 이른 오후에 나는 같이 붙은 친구들과 함께 이월드로 향했어. 막상 가니까 떨려서 중간에 뛸까? 라는 생각도 하면서 말이야. 이월드에 도착해서 나는 미리 우리 조원들을 만나서 분장을 했어. 분장할 때 이야기를 많이 해서 조원들이랑 많이 친해진 거 같아. 알고 보니까 내가 우리 조 막내였는데 언니들이 자꾸 반말하라고 해도 잘 안 되는 거 있지. 그래도 조금씩 반말하다 보니까 나중에는 반말이 자연스러워지더라.

분장을 다 하고 집합장소에 모여서 산타복으로 갈아입고 나니까 뭔가 모르게 또 어색해졌어. 모르는 사람이 많아서 낯을 가렸나 봐. 간단하게 안내를 받고 따로 분장시간이 주어져서 그 시간에 우리 조원들과 다른 조 몇 명이 모여서 계속 랜덤 게임을 했어. 랜덤 게임이 우리를 친해지게 만드는 거 같아.

분장시간이 끝나고 드디어 광장 쪽으로 나가서 고객 분들과 사진을 찍고 인스타 해시태그 이벤트를 하는 시간이 되었어. 분장을 해서 자신감이 생겼는지 사진 찍는 일에 엄청 적극적으로 하고 홍보도 열심히 했어. 우리 조 이름이 어려워서 홍보할 때 나도 발음을 잘 못했어. '인스타 해시태그 붉은 공갈단'이라고 말하려고 하니까 말이 꼬이더라고. 아기들이 엄청 많았는데 분장을 한 우리가 무서웠던 탓에 다들 우리를 보면 싫다고 도망을 갔어. 사실 하나도 안 무서운 언니, 누나인데 말이야. 물도 한 입도 못 마시고 완전 공복인 상태에서 사진 찍어 주고 사람 만나는 게 너무 재미있어서 배고픔도 잊었던 것 같아. 이월드에 가기 전까지만 해도 나는 낯을 가려서 먼저 다가가서 사진 찍고 말거는 건 못할 거야 라고 생각했는데 나의 예상과는 달리 내가 제일 잘 놀았어. 옆 조에서 보고 있던 친구들이 우리 없어도 잘 논다고 삐질 정도로 말이야.

더 찍고 싶은데 저녁 시간이 되어서 밥을 먹으러 갔어. 가자마자 물을 나눠 주셨는데 받자마자 목이 너무 말라서 한 병을 다 마셔 버렸어. 살면서 이월드를 여러 번 가 봤지만 처음 보는 무대 쪽에서 김밥을 먹었는데 우리 조 팀장 언니가 블루투스 마이크를 들고 오셔서 그걸로 노래도 틀고 부르면서 신나게 저녁을 먹은 기억이 나. 그 시간에 다른 조원 분들이랑도 친해졌던 것 같고. 밥을 다 먹고 팀별 미션 시간이었는데 우리 조는 사진 찍기 담당이라서 판넬을 들고 엄청 돌아다녔어. 나는 너무 신나서 "사진 찍을 사람!" 하면서 방방 뛰어다녔어. 이때 만난 많은 분들이 정말 다 기억나는데 그중에서는 인스타 맞팔하신 분들도 계셔. 사진을 많이 찍다 보니까 바닥에 누워서도 찍게 되고 그러더라. 막 내 몸에 낙엽 붙어 있고 그랬어. 다시 생각 하니까 엄청 잘 놀았네 나. 왜 걱정했을까?

이날은 엄청 시간이 잘 갔어. 아마도 내가 너무 즐겁고 행복했기 때문인가 봐. 끝날 때 되니까 다들 아쉬워서 페이스북 친신도 걸고 전화번호

도 교환하고 그랬어. 지금도 연락하는 사람들도 있고! 처음엔 가기 싫다
는 생각으로 갔는데 집에 올 때는 다음에 또 해야지 라는 생각을 하면서
돌아온 것 같아. 물론 다음에 또 할 생각이고. 생각지도 못하게 이날은
정말 행복했고 즐거운 추억을 많이 만들고 온 것 같아. 좋은 분들도 엄
청 많이 만났고. 우리 기회가 된다면 나중에 이월드 서포터즈 하러 같이
갈래?

새로운 경험 한 조각

　매일 다음엔 무슨 봉사를 하는 것이 좋을까? 라고 생각하며 봉사 사이트를 찾아보던 중 집에서 가까운 곳의 동대구역 지하철역에서 '승객 안내 및 일손 돕기' 봉사를 한다는 것을 알게 되었어. 그래서 바로 집 주변에 사는 혜원이한테 "같이 할래?"라고 물었고 혜원이와 같이 하게 되었어. 처음 갈 때에는 동대구역 지하철역으로 가야 하는데 기차역으로 가버려서 전화를 했더니 거기가 아니라고 하더라고. 나는 지금까지 동대구역 근처에 살아놓고 몰랐었어. 하여튼 그래서 지각을 해버렸어. 가을이라서 약간 쌀쌀한 날씨였는데 뛰어가서 그런가 땀이 뻘뻘 났어.

　가자마자 설명을 듣고 봉사를 시작하게 되었어. 설명을 해 주시는데 가끔 이상한 사람이 와서 말 걸 수도 있는데 그럴 때는 화장실로 도망가라고 하셨어. 그냥 서 있기 싫을 때도 화장실로 가라면서 화장실은 우리에게 제일 중요한 장소라고 하셨어. 이 설명을 듣고 얼마 안 돼서 서 있는데 옆에서 어떤 아저씨가 계속 말을 거셔서 어쩌지 하고 있는데 설명해 주신 분이 우리 팔을 잡고 "이럴 때 화장실로 가는 거예요."라면서 우리를 구해 주셨어. 작년에 이 봉사를 한 친구들이 지루하기만 했다는 이야기를 해 준 적이 있어서 4시간동안 내가 잘 할 수 있을까 라는 생각이 있었는데 생각보다 재미있는 4시간이 되었던 것 같아.

　나는 매표소 쪽에 서서 표 뽑는 일을 도와 드렸는데 가끔 외국인 분들이 오시면 머리가 새하얘져서 뭐라고 할지 모르겠더라. 분명히 나는 아는 단언데 입 밖으로 못 내뱉고 살짝 그런 느낌? 그래서 쉬는 시간마다 역무실에 들어가서 번역기로 간단한 말 같은 걸 찾아봤어. 외국인을 볼 때 마다 심장이 떨려서 말도 제대로 못하고 완전 바보 같지. 토요일이여서 사람들이 많더라고. 그래서 정신이 하나도 없었어. 새로 알게 된 건 부산에는 우대 교통카드가 따로 있는데 대구는 그게 아니라 신분증으로 우대권을 뽑아야 한다는 것 이였어. 부산에서 오신 분들이 많이 물어보시더라. 아 또 새로 알게 된 건 부산에서 대구를 엄청 많이 온다는 거야. 내가 이 봉사를 하지 않았더라면 절대 알지 않았을 내용을 아니까 뿌듯하고 이 봉사 해 보기를 잘 했다는 생각이 들었어.

봉사를 하면서 힘들었던 점이라고 해야 하나? 내가 형광조끼를 입고 서 있으면 도움이 필요 해 보이는 분들이 내 앞에서 어떡하지? 하면서 발을 동동 거리시고 있는데 내가 먼저 가서 "도와드릴까요?"라고 묻기에는 너무 오지랖 같고 그렇다고 안 도와 드리기에는 길을 못 찾으실 것 같고 그런 적이 많았어. 내가 어떻게 하는 것이 좋았을까? 또, 하나 더 있는데 봉사를 끝나고 나오면 다 내가 도와 드려야 할 것 같은 느낌이 들어. 집을 가는 동대구역 광장에서 도움이 필요해 보이시는 분들을 보면 무조건 내가 가서 도와 드려야 한다는 생각이 들어.

4시간 동안 한 자리에 서 있는 것은 힘들었지만 고맙다, 감사하다 라는 말을 해 주시며 미소 가득한 얼굴을 보면 내가 이 일을 하는 게 정말 잘 하고 있는 거고 도움이 되어서 다행이라고 느껴서 힘든 게 다 사라지는 느낌이야. 내가 사람 만나는 것을 좋아해서 지금까지 2번의 봉사 모두 좋은 기억만 가득하고 앞으로도 계속 봉사로 좋은 기억들만 만들어 나갈 예정이야.

바다가 생각 날 때 이 시 어때?

> "
> 바닷가에 왔드니
> 바다와 같이 당신이 생각만 나는구려
> 바다와 같이 당신을 사랑하고만 싶구려
> "
>
> – 백석, 「바다」[26] 중에서

바다에 사랑하는 사람과 함께 가곤 했다. 나는 그런 바다를 좋아했다. 이 시를 읽는 순간 사랑하는 사람과 함께 바라보던 바다가 내 눈에 펼쳐진 것만 같았다. 그때의 날씨, 그때의 감정까지 모두 생생하게 내 머릿속에 그려졌다. 그러나 사랑하는 사람과 함께했던 바다의 기억 중에는 다시는 함께하지 못하는 사람과의 기억도 있었다.

그 사람과의 기억은 행복하지만 현재 함께하지 못한다는 사실에 기억을 괴롭게 떠올리는 내 마음을 잘 표현하는 것만 같아 보자마자 이 구절이 내 마음 한편을 차지했다. 바다를 그리워하는 것보다 사랑하는 사람과의 바다를 그리워하는 점이 마음이 아프게 느껴졌다. 내가 가끔 바다를 그리워하는 날은 어쩌면 사랑하는 사람과의 바다를 그리워하는 것이 아닐까?

26) 백석, 2007, 『정본 백석 시집』, 문학동네

망설여질 때 이 시 어때?

> "
> 우리네 하루하루
> 순간순간은 여행길
> 두 번 다시 되풀이할 수 없는
> 오직 한번 뿐인 여행이니까
> "
>
> - 나태주, 「여행 1」[27] 중에서

지금의 나도 여행을 하고 있다는 생각이 들었다. 그때 잘할 걸이라는 생각을 하며 과거를 후회한 적이 많아 시가 더욱 와 닿았다. 나는 항상 현재에서 '먼 미래에 나를 돌아보았을 때 후회하지 않을까?'라는 생각을 했었다. 이 시를 읽고 앞으로는 망설이지 않고 나의 결정을 믿으며 살기로 다짐했다.

한번 사는 멋진 내 인생을 망설임과 후회로 가득 채우기보다는 최선을 다해 오늘 하루에 하루하루 최선을 다하는 삶을 살고 싶다. 사랑하는 사람에게 사랑한다고 말할 수 있는 지금, 당장 사랑한다고 말하러 달려가야겠다.

---

27) 나태주, 2017. 『가장 예쁜 생각을 너에게 주고 싶다』, 알에이치코리아

후기

　내 부족한 글을 읽어 줘서 너무 고마워. 프로필에도 써 놨듯 나는 기록하는 걸 엄청 좋아해. 친구들이 아직도 일기를 쓰냐면서 놀릴 정도로. 그래서 그런지 이 책을 써 낼 때도 행복하게 써 냈어. 이 책에 내 인생 중 어떤 부분을 보여 주어야 할까 고민을 많이 했던 것 같아. 행복했던 시간들을 갑자기 떠올리려고 하니까 조금 힘들었어. 그래도 이번 기회로 잊고 있었던 나의 대해 오랫동안 고민하고 생각해 보게 된 계기가 되었던 것 같아. 바쁜 일상 속에서 행복했던 기억을 떠올리지 못했었거든. 책을 쓰면서 오랜 시간 흩어졌던 퍼즐 조각을 다시 하나로 맞춘 느낌이었어. 글을 쓰는 동안 사랑 했던 과거, 사랑하는 현재, 앞으로 사랑할 미래에 푹 빠져 살 수 있어서 참 행복했어. 내가 이 글들을 써 내기까지 옆에서 응원해 주고 칭찬해 준 모두에게, 마지막으로 이 세상을 살아가는 너희 모두에게 감사해. 다들 행복한 나날들이 펼쳐지길.

아름드리

WRITING / PHOTO 이 한 나

이 한 나

하루, 한 시간, 일 분, 일 초마저도
나에게 또는 우리에게 주어지는 처음이자 마지막 시간이다.
나에게 별 것 아닌 하루도
어제의 누군가에게는 간절했던 하루일 것이다.
그러니 그럼에도 불구하고 오늘을 감사히 살아내기를 바라며
아름드리, 나의 찬란한 봄을 기대하며
나의 열여덟의 꽃봉오리를 피워 본다.

듀릿체리[28)]

"우리 가족은 모두 말띠이다."

이렇게 말하면 모두들 "아, 그럼 부모님이 동갑이셔?"라고 말한다. 물론 "아니, 띠동갑이셔."라고 대답해 준다. 엄마가 아빠를 처음 보고 반했는데 엄마는 아빠를 만나고 나서 첫눈에 반했다는 게 뭔지 알게 되었다고 한다.

그렇게 다른 환경에서 다른 가치관을 가지고 살아온 너무나도 다른 두 사람이 만나 사랑을 하고, 미래를 약속하고, 서로 배려해 주며 지금의 나를 키워 주셨다. 사실 우리 부모님은 결혼하고 8년 만에 나를 힘들게 낳으셨는데 '기도해서 낳은 딸'이라는 뜻으로 '한나'라는 이름을 지어 주셨다.

우리 아빠는 어렸을 때부터 지금까지도 내가 머리카락을 말릴 때 뒤에 오셔서 드라이기를 뺏어들고는 꼼꼼히 말려 주셨다. 어떤 전자제품이든, 가전제품이든 뚝딱 고쳐 주시는 우리집 자칭 '이가이버'였던 아버지

28) 뒤늦게 얻은 사랑스런 딸자식

도 요즘은 스마트폰 사용이 어렵다며 자주 내 방에 들르신다. 수줍은 미소를 띠며 "한나야, 이건 어떻게 하는 거야?"라고 물으신다. 내 딴엔 알려 드리려고 열심히 노력하지만 절대로 한 번에 마스터하지 못하신다. 한없이 다정하고, 나에게만큼은 천하무적의 영웅이던 아빠에게도 풋풋하고 철없던 젊은 시절이 존재했을까? 가장의 무게를 짊어지고 쉴 틈 없이 일만 해온 아빠의 손과 어깨를 볼 때면 마음 저 아래쯤에서 아려온다. 1년 전쯤 엄마와 아빠 이야기를 한 적이 있었는데 평소 눈물을 잘 안 보이시는 아빠도 가끔 베개와 이불을 휴지 삼아 훌쩍이시곤 한다고 했던 엄마의 말이 아직도 잊히지 않는다.

"아빠도 여린 사람이야."

우리 엄마는 평소에는 부끄러워서 속마음을 잘 털어놓지는 못하지만 정말 지쳐 버렸다고 느껴질 때 울상이 되어 집에 와 말을 할 때면 내 눈을 마주 보며 공감해 주시고, 조언도 해 주신다. 한창 친구 관계에 어려움을 겪었던 때가 있었다. 나는 이만큼 줬는데 이만큼의 반도 돌아오지 않을 때 내가 친구를 잘못 사귄 건가? 하는 마음고생을 앓던 적이 있었다. 엄마는 그런 나를 보며 "사람이란 게 신기하게도 모두 생각이 다 달라. 너는 이만큼을 줬지만 사실 그 친구는 너의 그 호의가 필요 없었을 수도 있어. 그렇다고 네가 필요 없는 존재는 아니야. 너무 낙담하지 마."라는 말씀을 해 주셨는데 엄마의 말을 듣고 난 결국 그 친구와 나의 다름을 인정하고, 내가 줄 때는 무엇을 바라고 주지 않아야 한다는 것을 깨달았다. 또 아침 시간에 피곤할 법도 한데 늘 내 아침과 반 친구들과 나눠 먹을 간식을 챙겨 주신다.

그 작은 행동에서 나오는 마음이 나를 얼마나 사랑하고 있는지, 나를 얼마나 성장할 수 있게 했는지 알 수 있다. 그래서 나의 열여덟, 가장 행복했던 순간들을 떠올리며 이야기의 처음으로 담아 보았다.

"초롱하고 맑은 눈으로 세상을 마주하며 속이 빈 쭉정이가 아닌 속이 꽉 찬 알맹이가 될게."

돋을볕[29]

우리는 모두 초등학교 6년, 중학교 3년이라는 의무교육을 받게 된다. 그 9년이라는 긴 시간 동안 나에게는 잊지 못할 한 분의 스승이 계시다.

중학교 3학년 때 담임이셨던 이은주 선생님, 선생님을 알게 됐던 순간부터 지금까지 내가 가장 많이 존경하는 선생님이시다. 사실상 내 꿈의 시작이신 분이기도 하다. 언제나 학생들의 입장에서 생각해 주시는 분이셨고, 우리를 진심으로 아끼는 마음이 항상 느껴졌다.

고등학교 입시에 고민이 많은 중3학생들을 맡은 담임 선생님이셨지만 때로는 아들, 딸을 둔 엄마 같기도 했고, 떡 하나라도 나눠 먹을 것 같으신 옆집 아줌마 같기도 했고, 가끔은 친구들을 소중하게 생각하는 또래 소녀 같기도 했다. 인문계고등학교를 진학해 입시 공부를 하는 것이 내 적성에 맞는 것일까? 내가 진정으로 하고 싶은 건 무엇일까? 등의 고민이라는 고민은 살면서 가장 많이 했었던 때에 선생님을 만나 나는 그분께 많은 의지를 하고, 고민을 스스럼없이 털어놓기도 했다.

'진심은 반드시 통한다.'

선생님 곁을 떠난 지 2년이 지났지만 여전히 그때 생각이 난다. 나는 선생님처럼 진심으로 학생들을 대한다면 그 마음에 대한 진심은 반드시 통한다고 믿을 것이다.

'부끄럽지 않은 모습으로 나의 선생님을 다시 찾아뵐 수 있기를 간절히 바라며.'

29) 아침에 해가 솟아오를 때의 햇볕

나라우람[30)

어릴 적, 나는 위인전에서 보던 신사임당, 세종대왕, 아인슈타인과 같은 훌륭한 사람이 될 것이라고 생각했다. 9살 때는 김연아 선수가 밴쿠버 올림픽에서 총 쏘는 엔딩과 함께 김연아의 뒤를 이을 금메달리스트 피겨선수라는 꿈을 꿨었고, 11살 때는 꿈빛 파티시엘이라는 애니메이션 프로그램을 보며 프랑스 파리의 한 거리에 빵집을 차리는 파티시에르 꿈을 꿨었다. 현재 18살의 나는 학생들의 잠재력을 알아보고 그들의 삶의 전환점을 만들어 주는 교사가 되기를 꿈꾼다. 아직은 명확하진 않지만 이렇듯 나는 천방지축 얼렁뚱땅 나의 꿈속을 마음껏 탐험하고, 배우며, 나의 완전한 꿈을 이뤄 내기 위해 살아왔다.

누구나 각자의 색깔이 있다. 그 색깔을 온전히 담아 내기 위해 탐험을 하곤 한다. 나는 그런 각자의 빛깔을 더 빛내 주기 위한 존재이고 싶다.

'가르침'은 사람이 살아가면서 자기 자신을 지키기 위해, 다른 사람 또는 세상과 어울리기 위해, 무엇보다 스스로에게 훨씬 더 가치 있는 것을 찾기 위해서 마땅히 받아야 될 교육이다.

'가르친다는 것'은 그래서 중요하다

아이에게 '놀이'란 세상을 탐구하는 방법이다. 교사는 늘 포용하는 태도를 가져야 하며, 학생을 기다려 주고 이해해 주는 것이 가장 중요하다. 그렇듯 나는 교사로서 학생들에게 행복한 기억, 사람을 신뢰할 수 있는 기억을 만들어 주고 싶다.

30) 우람하고 씩씩하게 자라나라

Love poem

아기는 엄마의 호수이자 하늘이다. 그 호수에 물결하나 없기를 그 하늘에 구름 한 점 없기를 바라는 엄마의 마음이 나도 조금은 헤아려진다. 진정한 사랑이란 것은 이런 것일까? 온전히 사랑하는 사람을 위하는 마음, 이 마음의 진심은 굳이 파헤쳐 보지 않아도 마치 이 시를 읽을 때처럼 느낄 수 있다.

세상 모든 부모님들이 자식이 꽃길만 걷기를 바라는 마음이겠지. 그 마음에 나는 더하여 인생의 전부를 파헤쳐 본다면 여러 시행착오도 겪을 것이고, 뜻하지 않는 실패와 불시착이 있을 수 있다. 부모님들의 바람처럼 꽃길만을 걷지는 못하겠지만 가시밭길이라도 아주 힘차게 걸어가기를 바란다.

31) 나태주, 2019, 『마음이 살짝 기운다-'엄마 마음'』, 알에이치코리아

꽃구름³²⁾

여행을 하다 보면 새로운 환경에서 새로운 문화를 접하고 새로운 사람을 만난다. 여행은 새로운 것을 보고, 듣고, 느끼며, 배우는 것이다. 나는 이것을 마치 여러 가지 빛깔을 띤 아름다운 구름이라 정의하고 싶다.

나에게 열여덟이 특별한 이유는 여기에 있을지도 모른다.

첫 해외여행, 러시아 블라디보스토크(Vladivostok). 화목하고 평화로운 사람들이 지나던 해양공원거리에서 본 한국의 k-pop노래와 주위로 몰려

32) 여러 가지 빛깔을 띤 아름다운 구름

드는 외국 사람들의 댄스공연, 어느 할아버지의 감미로운 기타 선율, 모래사장 위 여러 세대들의 공감터.

"스바시바(Спасибо)."

호텔 조식을 먹을 때 이른 아침에도 불구하고 감사하다는 표현이 어떻게 저렇게 밝게 나올 수 있는지 의문이 들었던 그때 "감사"의 힘에 대한 새로운 깨달음을 얻었다.

하늘도 무심하신지 그때의 날씨 그때의 공기와 나의 기분.

여행을 다녀온 후 다시 그때를 떠올리게 된다면 여러 장면들이, 에피소드가 어쩌면 몇 단어로 정리가 될지도 모른다. 내 영역에서 벗어나고 싶을 때, 나를 아무도 모르는 곳으로 도망치고 싶을 때, 잠시 휴식이 필요할 때 여행을 떠나자. 나는 가끔 오래된 인연보다는 잠깐의 인연이 더 소중하다는 생각을 하기도 한다. 난생 처음 보는 사람과도 무겁지도, 가볍지도 않은 이야기를 시시콜콜하게 하고 다시 돌아 설 수 있으니 열여덟, 쉬어가는 법을 배운 그곳에서의 기억은 평생 잊지 못할 것이다.

Travel poem

> "
> 눈을 감으니 세상이 깜깜해졌다
> 다시 눈을 뜨니 세상이 밝아졌다
> 변한 건 없는데 내가 마음먹기에 따라
> 세상이 깜깜해지고 밝아졌다
> "

- 김동혁, 「걱정하지 마라」[33] 중에서

그렇다. 세상을 살아간다는 건 비록 내 마음먹은 대로 되진 않겠지만 세상을 어떻게 마주하겠다는 마음만큼은 마음먹은 대로 될 수 있었다. 그 말은 즉, 지금 이 순간부터 여러분은 밝고 환하게 오늘의 세상과 마주할 수 있다는 것이다. 모두가 초롱초롱하고 맑은 눈빛으로 세상과 마주하는 사람이 되기를 바라며.

33) 김동혁, 2015, 「걱정하지 마라」, 답

안녕, 나의 '2019'

열여덟, 짧다면 짧고 길다면 긴 나이이다. 짧다면 너무 바쁘게 살아오느라 길다면 많은 것을 채워 내느라 수고한 우리에게도 열아홉이 왔다.

벌써 2019년 한 해가 또 지나가려나 본 지 찬 바람이 불기 시작했다. 수험생들의 꽃, 대학수학능력시험이 끝난 직후 대학 입시에 대한 책임이 이제 내게 밀려왔을 때 가늠할 수 없는 불안감이 나를 에워쌌다. 마치 바통터치를 받아 혼자만의 기나긴 마라톤 경주를 나가야 하는 기분이었다.

끝이 보이지 않는 이 경주를 내가 잘해 나갈 수 있을까?
초조하게 여느 날을 보내던 중, 우리학교 출신의 선배의 개인 SNS계정을 보았다. 물론 이 선배가 나와 친분이 있는 것은 아니다. 정말 우연히 보게 된 그 선배의 계정에는 자신이 직접 쓴 캘리그래피를 지역사회 플리마켓에서 운영, 캘리 재능 기부, 공모전 시상 등 자신만의 꿈에 대한 확신을 갖고 도전하고 있는 경험의 글들이 여럿 보였다. 무엇보다 그 선배의 밝은 표정은 세상을 다 가진 듯하였다. 문득 그 순간 화면 속에 비친 내 자신이 부끄러웠다.

'대학이라는 것이 누구에게나 제일 필요하고 중요한 것은 아닌데. 내가 하고 싶은 게 무엇인지가 가장 중요하지.'

나의 큰 착각은 앞서가는 친구들을 보며 조급해하고, 초조하며 나를 못난 사람이라고 생각하면서 한편으론 나보다 조금 뒤처진 사람을 보며 안심을 하던 지난날의 내 자신을 되돌아보게 되었다. 얼마나 한심한가.

함께 결승전을 향해 나아가는 것이 얼마나 중요한지.
"나는 하고 싶은 게 있어요."
"나는 되고 싶은 사람이 있습니다."가 얼마나 대단한 것인지. 이제야 알게 되었다.

이 글을 보고 있는 당신, 이 세상에 태어난 자체만으로도 축복입니다.
자신을 그 누구보다 소중하게 생각하고, 사랑해 주세요.

Favorite poem

"
함께 가자
먼 길
"

- 나태주, 「먼 길」[34] 중에서

아무리 단짝 친구라도 낯선 타지로 여행을 간다면 95%는 절교를 한 뒤 돌아온다고 한다. 그 이유는 무엇일까? 나머지 5%는 비법이라도 있는 것인가? 그 해답은 이 시에서 찾을 수 있다. 궂은 길이라도 함께라면 아름다운 길이라도 말할 수 있기 때문이다.

'같이'의 '가치', 아무리 쉬운 일이라도 혼자가 아니라 같이한다면 그 시간과 성과는 더 가치로울 것이다. 경쟁자가 아니라 협력자로서의 시각을 가진다면 우리의 삶의 온도가 따뜻하지 않을까?

34) 나태주, 2019, 『마음이 살짝 기운다』, 알에이치코리아

'무심코'를 느꼈을 때 이 시 어때?

> "
> 청개구리는 찬피동물이라
> 사람이 손으로 만지면
> 화상을 입는다 그런다
> 아뿔사!
> "
>
> - 나태주, 「아뿔사」[35] 중에서

처음에는 '아뿔사'라는 제목이 재미있고, 유머스러운 시라고 생각했다. 하지만 한번 읽어 보고는 이 시의 제목처럼 '아뿔사'라는 생각이 들었다. 청개구리를 어릴 때 할머니 집에 놀러가면 집 뒤 개울가에서 올챙이를 잡으며 본 적이 있다. 직접 만져 본 적은 없지만 사촌 동생이 만지는 것을 보고 신기했던 기억이 떠올랐다.

'나는 지금껏 이런 찬피 동물에게 아픔을 준 적이 한번쯤은 있지 않을까?'

그렇게 생각해 보니 사람도 서로 데이지 않게, 서로 존중해 공존하는 세상에 나는 눈에 보이고, 당연히 아는 듯 냥 사람에게 기준을 맞추고, 사람에게 피해를 주지 않게끔 살아온 것 같다. 작은 동물마저도 소중한 생명이고, 아픔을 느끼는데 말이다. 이 시는 동물과 사람, 보이는 현상에 대해 나열했지만 나는 내 기준이 사람이라는 존재에 맞춰져 아래를 그리고 그 이상을 보지 못하고, 생각하지 못하고 살았다는 것을 깨달았다.

35) 나태주, 2019, 『마음이 살짝 기운다』, 알에이치코리아

인사를_하다

오늘도 빛나는 꿈을 꾸고 있는 당신께, 그리고 나에게.

이번 생은 누군가에게 의미 있는 존재가 되기를, 사랑하는 사람들과 사랑하는 삶을 살아가기를, 작은 시작의 그 끝은 창대하기를 바랍니다.

나를 이 세상에 태어나게 해 주시고 건강하고 밝게 사랑으로 키워 주신 부모님, 다 쓰지는 못했지만 많이 소중한 내 친구들, 내게 사랑하는 법을 사랑받는 법을 가르쳐 준 모든 나의 사람들, 이렇게 하나의 책으로 나만의 이야기를 쓸 기회를 주신 동문고등학교 선생님들께 감사한 마음으로 이 자서전의 마침표를 찍는다.

진심으로 원했다.
우리 모두가 사랑하는 사람과 사랑하는 삶을 살아가기를

모두가 이루고자하는 목표가 있고,
책임져야 할 인생이 존재하겠지만
그럼에도 우리는 행복을 누릴 자격이 있다.
너무 어렵게 생각하지 말기를

아름드리,
한 아람이 넘는 큰 나무나 물건 또는 둘레가 한아름이 넘는 것
우리의 인생도 하나가 모여 둘이 모여
자신만의 아름드리를 만들어가기를

LA VITA E BELLA

WRITING / PHOTO 정채영

정채영

열여덟,
좋아하는 것도 많고 하고 싶은 것도 많은 나이이다.
나에게 주어진 일은 열심히 하려고 하는 편이다.
비록 나 자신에게 실망하는 일도 생기지만,
그런 과정을 겪으며 내가 더 성장하고 있다는 걸 느낀다.

그리고 꽃을 좋아한다.
주는 것이든 받는 것이든 뭐든
나를 기분 좋게 만들고 싶다면
꽃 선물이 최고다.

Part1. 꿈에 대하여

> "
> 생각해 보면 우리는
> 하루가 아닌
> 인생을 사는 거니
> 꿈꿔 볼 만하지
> "
>
> - 글배우, 「꿈」³⁶⁾ 중에서

꿈이라는 주제는 어렵다. 꿈을 가지기도 쉽지 않고 꿈에 따라 이루기도 쉽지 않을 것이다. 내 주변에도 아직까지 자기는 꿈이 없다며 고심하는 사람들도 많다. 그래도 이들에게 너무 걱정하지 말라고 말해 주고 싶다. 속 편한 소리 한다고 들릴 수도 있지만 우린 아직 많은 새로운 것, 다양한 것들을 경험해 보지 않았으니까

이 긴 인생에 꿈을 한번 가져보는 게 어떨까 혹시 이 삶의 이유가 될지? 무엇이든 좋으니 자신이 좋아하는 것, 하고 싶은 것들을 생각해 보자. 그리고 나의 모습을 그려 보자.

---

36) 글배우, 2015, 『걱정하지 마라』, 답

Lucete
밝게 빛나라

내게 잊을 수 없던 순간 중 하나는 꿈의 시작이다.
그 순간이 지금의 나를 만들었고
앞으로의 나를 만들어가는 순간이라 생각한다.
지금부터 내 꿈의 시작을 얘기해 보려 한다.
때는 중학교 1학년, 지금 보면 많이 어리지만 그래도 내 미래를 한창 걱정하던 때였다. 마침 그때는 자유학기제를 하는 기간이었고 직업인들과 만나는 시간을 가져야 했다. 어떤 분을 만나지 하다가 눈에 띄는 직업이 보였다. 그건 바로 '승무원'이었다.

예전부터 외국을 넘나들며 넓은 범위의 일을 하고 싶었고 외국이라는 타이틀이 너무 좋았다. 그래서 그 강의를 들어보기로 정했다. 강의해 주시는 분은 대한항공에서 근무하시는 분이셨다. 그분이 자신의 얘기를 해 주셨고 나는 그 얘기들을 들으면서 내 머릿속엔 이미 내가 비행을 하는 것까지 그려졌었다. 그 강의로 승무원이 어떤 직업이고 무얼 해야 하는지 들은 후 나는 정보를 더 찾아봤었다. 그러고 생각했다.

'아, 이거다.'

그때 이후로 체험도 다녀보고 대학정보도 알아보기 위해 설명회도 다녀보았다. 항상 느끼지만 그런 기회들이 내게 주어졌다는 거에 감사하다. 그리고 그때부터 지금까지 내 꿈은 변함없이 여전히 진행형이다.

그리고 아직까지 생각나는 게 있다면 강사님께서 자신에게 질문이 있다면 메일 주소를 받아 가라 하셨는데 난 그때 받아 가지 않았다. 지금 와서 보면 후회하기도 한다. 나에게 좋은 멘토가 되셨지 않을까, 내 입시 걱정이 좀 더 줄었지 않을까 생각은 하지만 그래도 내 꿈은 내 스스로 해야 하는 것을 알기에 '남에게 너무 의존하면 안 돼.'라며 나를 위로하곤 한다.

그래도 지금 내 스스로 계획을 세우고 실천하는 것이 경험이라 생각하고 내가 더 성장해 나가는 단계라고 생각한다.

Part2. 봄에 대하여

"
봄이 와서 꽃 피는 게 아니다.
꽃 피어서 봄이 오는 것이다.
"

- 이정하, 「봄을 맞는 자세」[37] 중에서

봄에 대하여 생각해 보았다. 내가 꽃이 되어 봄을 맞이해 볼까 하며 누군가를 기다린다는 핑계로 마음을 열지 않으면 결과는 달라질 게 없었다. 혼자 울음만 삼키기보단 마주하고 스쳐 지나가며 내가 몰랐던 것을 알아가자. 그럼 알게 될 것이다. '나에게는 사계절이 있고 봄도 있구나' 하며.

37) 이정하, 2016, 『다시 사랑이 온다』, 문이당

Alis volat propriis
자신의 날개로 날다

나는 봄을 좋아한다. 마음이 편안하고 가만히 있어도 웃음이 나오는 그러한 봄을 말이다.

나는 모든 일에 능동적인 사람이 아니다. 어떨 때는 추운 겨울을 이겨 내기 위해 애를 쓰고 어떨 때는 봄이 오기만을 기다렸다. 그럴 때마다 누군가가 나를 꺼내 주기를 기다렸다.

여태까지 주변 사람들이 떠나기도 하고 떠나보내기도 하였다. 그전까지만 해도 나는 욕심이 많은 사람이었다. 모든 사람들과 함께하길 원했고 혼자가 싫었다. 하지만 주변이 하나둘 변하면서 나도 변했다. 점점 나 혼자 깊은 바다에 빠져들었고 헤어 나올 수가 없었다. 그렇게 혼자 많은 시간을 보냈다. 하지만 그 기간 동안 사람을 만나고 내가 변화하며 깨닫게 된 이야기를 해 볼 것이다.

사람은 항상 봄 같은 나날을 보낼 순 없다. 여러 감정을 느끼며 배우고 성장하는 게 인생이다. 추운 겨울이 왔을 때 자신의 감정을 부정하고 자신 앞에 놓인 문제들을 무시하며 그 겨울에 갇히는 건 결국 상처로 남는다. 그러한 상처가 깊어지지 않기 위해 자신이 스스로 풀어 낼 줄도 알아야 하는 법이다.

스스로 용기를 가지고 극복해 보려 하자. 한 번의 도전도 없이 누군가의 도움만을 기다리는 건 평생 그 겨울에서 벗어날 수 없을 것이다. 자신이 할 수 있는 한 최대한 노력할 것 그리고 자신의 힘으로 해결할 수 없을 거라는 생각이 들 땐 도움을 청해 볼 것. 봄은 그냥 오는 게 아니다. 꽃들이 차가운 눈을 이겨 내고 피어나야 봄이 왔다는 것을 느낄 수 있다.

행복만을 추구하기보단 자신을 위한 시간도 가질 것. 나는 봄만을 꿈꿔왔다. 겨울이 싫었고 피하곤 했다. 하지만 매일이 봄일 순 없었다. 봄만을 바라니 인생의 쓴맛을 느낄 겨를이 없고 혼자 성장하는 시간이 부족했다. 그리고 항상 행복만을 추구하면 한 번의 겨울에도 쉽게 좌절을 느꼈다. 그러니 자신을 더 잘 알아가는 시간을 가지자. 그리고 겨울이 왔을 때 자신을 위로할 수 있는 사람이 되자.

마지막으로 혼자서 추운 겨울을 보내지 말자. 모든 사람과 사람의 관계에서 내가 의지할 사람이 생긴다는 건 나의 행복을 나누며 같이 행복해하고 불행을 나누며 덜 아파할 사람이 생긴다는 것이다. 주변 사람들도 너의 이야기를 궁금해하고 네가 말해 주길 원할 것이다. 분명 그런 사람이 있다면 혼자 힘으로 해결하려 하지 말고 의지도 해 보길 바란다.

> "내가 아는 것이 전부는 아니라는 것
> 이 세상에는 아름다운 것이 얼마나 더 많을까
> 세상을 더욱 누려 보고 싶다."[38]

38) 청춘유리, 2019, 『당신의 계절을 걸어요』, 알에이치코리아

Part3. 삶에 대하여

"
인생의 즐거운 순간은 그리 길지 않습니다.
고마운 마음으로 그 시간을 즐기세요.
"

- 샬럿 브론테, 「인생」[39] 중에서

사람들도 그렇고 나도 그렇고 힘든 일을 겪으면 내 인생은 어둡다고 생각을 한다. 하지만 이 시를 읽고 내가 힘들고 우울하게 생각했던 일을 다음에 있을 좀 더 나은 결과를 위해 겪어야 하고 그런 것이 나의 경험이 된다고 생각했다. 이런 생각들이 힘든 일을 겪을 때 좀 더 긍정적이게 행할 수 있고 쉽게 극복할 수 있을 거라 생각한다.

슬픈 일도 좋은 일도 내가 성장할 수 있는 경험이다. 그러한 순간들이 있기에 지금 내가 있는 거다. 용기를 내어 그러한 순간들을 마주하고 감사하자.

---

39) 장영희, 2006, 『장영희의 영미시 산책』, 비채

Hakuna matata
걱정마, 다 잘될 거야

커피를 만들 때 쓴 커피가 되지 않도록 가스를 빼는 과정을 거친다. 나도 그런 과정을 거친 얘기를 해 보려 한다.

때는 고2, 수없이 많은 일들을 겪었다. 인간관계에 대한 것들이었고 나는 처음 겪는 일들이었다. 나는 아직 미숙했고 그런 일들을 담담하게 받아들이기엔 힘이 들었다.

하지만 시간이 지나면서 주변 사람들이 보이기 시작했다. 많은 사람이 내게 말을 건네주고 손을 내밀었다. 그제서야 내가 무언가를 잊고 있었다는 걸 알았다. '내가 혼자가 아니었지' 생각하며 사람들에게 의지하기 시작하고 함께 나누기도 하였다. 그러면서 그런 일들을 마주하고 내가 스스로 이겨 낼 수도 있었다. 점점 내가 달라지는 것을 알았고 나도 할 수 있다는 걸 알게 되었다.

그런 덕분에 인간관계에 대해 많이 알았다. 무조건 지켜내는 것이 답이 아니라 끊는 법과 떠나는 법도 있다는 것을 잃은 것도 얻은 것도 많은 순간이었다.

part4. 사람에 대하여

"
착한 사람도, 공부 잘하는 사람도 다 말고
관찰을 하는 사람이 되라고
"

- 마종하, 「딸을 위한 시」[40] 중에서

난 내 앞길을 보는 동안 주변 사람에게 관심이 부족했다. 그래서 그런 일로 주변 사람에게 상처를 주기도 하고 이기적인 사람이 되기도 하였다. 하지만 사람을 만나고 그 사람이 내게 호의를 베풀며 사람에게 감사함을 표하는 법을 배웠다. 그렇게 주변 사람에게 관심을 가지고 챙기게 되었다. 그러한 과정 속에서 소중한 사람이 생겼다. 그렇게 삶은 혼자 살아갈 순 없고 소중한 사람과 함께 서로의 부족한 점을 알고 나아가는 것이구나를 깨달았다.

혹시 이 시를 읽고 있는 당신은 자신도 그런 사람이지 않은가 한번 생각해 보자. 내 앞길만 보는 이기적인 사람보다 주변을 둘러보며 함께 나아가는 그런 사람이 되자.

40) 마종하, 1999, 「활주로가 있는 밤」, 문학동네

Luce in altis
더 높은 곳에서 빛나라

학창시절 나를 더 빛나게 해 주고 행복하게 해 준 사람들, 내 열여덟에 어여쁘고 좋은 추억들을 많이 만들어 줘서 고마운 사람들에게.

내 나이 열여덟, 어리지만 많은 사람을 만나고 스쳐 지나갔다. 부모님, 선생님, 친구들은 나와 지내면서 내게 중요한 것을 많이 알려 주었다. 사람을 대하는 법, 누군가를 위로하는 법, 소중한 것을 지키는 법 등 내가 몰랐던 것들을 많이 알려 주었다.

이 사람들을 만나 내가 달라졌고 내 삶에도 의미를 담을 수 있었다. 여러 추억을 쌓으며 소중한 것들이 생겼고 놓치고 싶지 않은 것들이 생겼다. 비록 아픈 순간들도 있었지만 그런 순간들은 더 소중한 것들로 채웠다.

이 글을 읽고 '난가?' 싶은 사람들아. 여러 순간을 함께 보내면서 너희에겐 보잘것없는 순간일 수도 있지만 나에겐 너무 소중한 순간이었어. 너희를 만나면서 행복이 뭔지 어떻게 나누는지도 알고 힘든 일도 겪으면서 서로가 성장할 수 있는 값진 시간이었어. 나와 함께 소중한 시간 보내 줘서 다 고맙고 고마워.

내가 깊고 넓은 바다를 헤맬 때 등대가 되어서 길을 비춰 주고 알려 준 사람들아. 힘이 들 때 나에게 손을 뻗어 주고 말을 건네주어 나에게 큰 위로가 되고 내 삶의 이유가 되어 줬어. 내 은인들아, 너무 고맙고 고마워.

보답하고 싶은 마음에 짧게 글이라도 남겨. 나를 소중한 것들로 채워 주어서 너무 고마워. 나에게 많은 것을 해 준 만큼 너희도 꼭 자신이 원하는 바를 이루며 더 높은 곳으로 올라가서 빛이 되길 바라.

'더 높은 곳에서 빛나라.'

Part. E N D

드디어 내 이야기가 끝이 났다.
글을 시작하는 데에 있어 많은 두려움을 함께했지만
책을 채워나가는 과정이 너무나도 즐거웠다.

사진첩을 다시 보며 예전을 추억하기도 하였고,
나를 다시 돌아보게 하는 기회가 되기도 하였다.

추억 남기는 것을 좋아하는 내게
자서전을 또 하나의 추억이 되어 주었다.

그림을 그리는 과정처럼,
사람들은 색이 되어서 내 삶에 색을 채워 주었다.
모든 사람들에게 고마움을 전한다.

별들은 살아 있다

WRITING / PHOTO 차유정

PROFILE

차유정

2002년 대구 출생.
아무런 뜻 없이 화가라는 하나의 꿈을 품고
끝없이 나아가는 세상의 수많은 별들 중 하나이다.
밤하늘을 좋아하고, 그림을 사랑하는 그런 별.

슬픔의 기억

　미대 입시를 한참 준비하던 때였다. 선생님이 골라 주시는 그림들을 보며 하나하나씩 배워가고 있을 때. 선생님은 나에게 박카스 병 한 개와 그 박카스가 그려진 그림 한 장을 주시며 똑같이 그려 보라 하셨다. 내 앞에는 연필이 종류별로 나열되어 있었다. H부터 2H, B, 2B, 4B, 6B 까지.

　처음엔 막막하기만 했었다. '연필로만 해 보는 건 원기둥이나 구밖에 안 해 봤는데 이걸 어떻게 하지.'라면서 말이다. 시도도 해 보지 않고 지레 겁부터 먹어 버린 것이다.

　거짓말 하나 안 하고 거의 2주 동안 매달리고 있었던 것 같다. 하지만 결과는 처참했다. 형태는 선생님의 도움으로 겨우 끼워 맞췄으며 박카스 의 광은 그저 어색하기만 하고, 무엇보다 2주라는 긴 시간을 가졌으면서 아직 그림을 끝까지 완성시키지 못한 것이다. 그로 인한 좌절감에 극심 한 슬럼프를 겪고 있을 때, 선생님은 연이어 한옥집과 옥수수가 함께 있 는 풍경화를 그리라 하셨다. 나는 그림을 그리기 싫어도 억지로 그려나 갔다. 이래야 내가 뒤처지지 않는 것 같았기 때문이다.

　풍경화를 그리면서도 자꾸만 박카스 그림이 눈에 밟혔다. 난 왜 이거 밖에 못할까? 내 나이 때의 친구들은 이거보다 더 잘 그리겠지? 내가 정말 미술을 하는 것이 맞는 것일까? 하는 생각과 함께.

결국, 난 그림 앞에서 무기력감을 느끼고 울어 버렸다.

선생님은 내가 울음을 터드릴 것 같은 조짐을 미리 보셨는지 그서 아무 말 없이 휴지를 가져다 주셨고, 조용히 끄윽 거리며 울기만 하던 내 어깨의 떨림이 차츰 멎어질 즘 선생님이 말씀하셨다.

자책하지 말라고. 널 볼 때면 항상 그림을 그리다가 잘 풀리지 않으면 그것을 전부 네 탓으로 돌린다고 말이다. 그러면서 선생님은 나에게 종이도 사람처럼 날씨에 따라 이리저리 변한다고 하셨다. 날이 어둑하고 습기가 많은 날일 땐 종이가 물을 많이 머금고 있어 그 위에 수채화를 그릴 때면 평소 물의 양으로 맞춰선 절대 안 된다고. 평소와 같은 물의 양을 잡고. 평소와 똑같이 수채화를 칠하고. 또 그게 잘 안 되니 마음은 더욱 조급해져 미처 채 마르지도 못한 종이 위에 물감을 덧칠하고. 이럴 때는 날씨 탓이 맞는데 그저 모든 걸 내가 그림을 못 그려서, 내가 소질이 없어서라고 자꾸만 나를 깎아내리고 있던 것이었다. 그리고 선생님은 그런 내 모습이 눈에 훤히 보였다 하셨다. 그렇게 자책해 봤자 망가지는 건 너라고 '뭐든 할 수 있다.'라고 생각하고 자길 다독여야지 내가 나를 안 챙기면 그 누가 챙겨 주겠냐 하시면서 나를 바라봐 주시는데 그 말에 한 번 더 울컥해 눈물이 후드득 쏟아져 나왔다. 선생님은 한 번 더 나를 위로해 주시면서 선생님이 보신 한 천재의 이야기를 해 주셨다.

선생님은 어려서부터 그림을 그려와 그 당시 미술 학원에서도 그림을 정말 잘 그렸다 하셨다. 평소와 같이 그림을 그리고 있던 어느 날, 미술 학원에 새로운 아이가 왔다고 하셨다. 처음에는 당연히 그 아이가 선생님보다 훨씬 못 그렸지만 그 아이는 3개월 만에 선생님의 실력과 동등해졌고 선생님은 그 아이를 이기고 싶어도 그만한 재능이 뒤받쳐 주지 못했다고. 그런 천재를 선생님이 같이 경쟁해 보았을 때 느낀 것이 있다 하셨다. 바로,

'이기려 하지 말자.'

이기려고 하는 순간 자신은 망가져 있고 그림은 더욱 후퇴하고 있었다 하셨다. 나에게 그런 천재가 되려 노력하지 말라 하셨다. 너에게는 너만의 페이스가 있다고. 천재도 천재만의 페이스를 갖고 있고 너는 너대로의 그림을 그리다 어느 순간 고개를 돌아보면 그 천재들과 나란히 옆에 서있으니 조금도 조급해하지 말라고.

나의 무기력감은 그 말을 들은 이후엔 조금도 남아 있지 않았다. 다시 연필을 쥐고, 붓을 쥐고. 여전히 느리긴 하지만 나는 나만의 길을 걸어가고 있을 뿐이다.

나의 별의 기억

자퇴를 하고 싶었다.
간절히 원했었다.

자퇴를 계획하고 나만의 살길을 찾아다녔다. 공부는 이미 관심 밖으로 끌어내린 채 오직 자퇴만을 꿈꾸며, 이 지긋지긋한 생활의 탈출구를 찾으며, 계속해서 헤매 왔었다. 나의 꿈과 나의 이상적인 삶에선 대학교는 완전한 제외 대상이었다. 원래는 고등학교도 오지 않을 생각이었지만 꿈은 나만이 꾸는 것이 아니었다. 나의 엄마, 나의 아빠, 또 나를 바라보는 동생, 외할머니 등 안타깝게도 모두 나에게 기대를 걸고 내가 오직 좋은 대학에 들어가 적은 등록금을 내며 좋은 직장에 들어가 높은 봉급을 받으며 나보다는 편안하게, 나 같은 험한 경험을 안 하게, 그리고 저도 곧 나와 같이 편안해질 것이라 생각하며 나에게 기대고 나에게 의지한다.

어쩔 수 없이 수긍하며 살아야 하는 삶.
나는 이 한정된 삶에서 내가 유일하게 붙들고 있는 이 그림 하나는 절대 놓지 않을 것이다.

그게 나에게 남은 유일한 것이니까.
그렇게 나의 별은 여전히 살아 숨 쉬고 있다.

그리움의 기억

철제 양식으로 된 의자와 테이블이 앤티크한 분위기를 연출하는 테라스였다. 테라스의 모서리 부분에는 여러 넝쿨식물과 장식으로 놓인 이름 모를 식물들이 각자 자신의 파릇한 기운을 뽐내며 저마다의 위치를 지키고 있었다. 딱 휴식하기 좋은 테라스에서 그와 어울리지 않게 테이블에 앉아 레몬 티를 차갑게 식혀 가며 타닥타닥 노트북의 소음만 맴돌고 있던 나에게 작은 새 한 마리가 내려왔다. 연신 무언가를 구경하며 고개를 갸웃거리고 있었다.

어느덧 노트북을 두들기던 손은 멈춘 지 오래요. 이내 무언가에 홀리듯 항상 가지고 다니던 수첩을 아무렇게나 펴내곤 혹시라도 저 새가 금방 날아가 버릴까, 펜 뚜껑은 어디로 날려 버렸는지도 모른 채 시선을 오직 그 조그맣던 새에게 고정시켰다.

나의 손은 나의 의지와는 다르게 펜을 계속해서 휘갈길 뿐이었다. 새가 고개를 숙이는 모습, 고개를 들어 올리는 모습, 또 고개를 돌려 내가 있는 쪽을 바라보는 모습, 자리를 옮기려 앙증맞은 발을 통통 차올리며 뛰어다니는 모습. 새가 움직이는 장면을 한순간이라도 놓치기 싫은 마냥 빠르게 휘갈긴 크로키를 왼손으로 척척 넘겨 가며 계속해서 그림을 그려 나갔다. 수첩을 빠르게 넘기면 한 편의 애니메이션처럼 느껴질 정도였으니 나도 어지간히 집중했음을 알 수 있었다.

새가 무언가를 쪼아먹는 장면을 그릴 때쯤 수첩 속 새와 조금 닮아 보이는 새가 한 마리 날아와서는 서로 대화를 나누는 듯이 조그만 짹짹 소리와 함께 어느 한 곳을 유심히 바라보고 있었다. 그리고 어느덧 그 새는 자신과 함께 있던 새와 같이 방금 전까지 바라보고 있던 곳으로 날아가 버렸다.

나는 그렇게 수첩에 머물러 있던 볼펜에 잉크가 다 번져 가는 줄도 모르고 한참 동안이나 새들이 날아가 버린 자리를 말없이 바라만 보고 있었다.

여유를 즐기지도 못하고 일만 하고 있던 나에게 잠깐의 휴식이라도 맛보라는 새의 작은 배려가 아니었나 싶다. 다시 한번 더 그 새를 만날 수만 있다면 고마웠었다는 말과 함께 작은 빵 부스럼이라도 챙겨 주고 싶을 따름이다.

집에 혼자 있을 때 이 시 어때?

"
갇힌 느낌이라도
밖은 보여 좋구나
"

- 권율희, 「물체 7」[41] 중에서

방충망을 바라보면 내가 방에 갇혀 있는 느낌이 들었던 때가 있었다. 어렸을 때 충동적으로 한 번 창문에 처져 있던 방충망을 가위로 뚫고, 손으로 뜯고, 늘리며 엉망으로 해 놓고는 창을 활짝 열어 놓았었다.

여름이라 밖이 엄청 후덥지근했던 때인데다가 창문 바로 앞쪽 마당은 옛 우물을 수돗가로 바꾸어 놓은 터라 배수구와 하수구가 그대로 노출되어 있었다. 게다가 수돗가는 옥상으로 향하는 계단과 집 벽 사이에 위치하고 있어 항상 그늘지고 습했다. 물은 항상 채 다 흐르지 못해 배수구와 하수구에 고여 있다 보니 날파리도 그렇고 모기며 거미며, 하다못해 벽을 타고 오르는 민달팽이도 많았었다.

내 시야를 가로막고 모든 것을 도트로 만들어 버리는 것을 치워 버리니 벌레나 거미, 여름의 청청한 푸른 나뭇잎의 반사광, 그 밖에 다른 자연의 것들이 창을 통해 내게로 다가왔다.

---

41) 권율희, 2015, 『애꿎은 너만 탓하네』, 만인사

참, 어렸을 때부터 어디에 구속받고 자유롭지 못하면 답답해하는 성격
은 예나 지금이나 똑같은 것 같다.

누군가가 쥐여준 틀에 끼워 맞춰 살아가다 보면 분명 내 것이 차고 넘
쳐흐르는 순간이 온다. 답답함을 참다못해 울분을 터뜨리다가 멈추는 방
법을 배우지 못해 계속해서 지쳐 쓰러질 때까지 달릴 때가 있을 때도 있
을 것이다. 우리는 항상 틀을 부술 수 있어야 한다. 아니면 나 자신이 어
디가 망가져 있는지 알지도 못한 채 평생을 병든 상태로 살아야 할 수도
있으니까.

밤하늘의 별을 볼 때 이 시 어때?

> "
> 바람도 향기 머금은 밤
> 탱자나무 가시 울타리 가에서 우리는 만났다
> "
>
> - 나태주, 「별들이 대신해 주고 있었다」[42] 중에서

바람도 향기를 머금었다는 구절을 보자마자 생각난 것이 있다.

바로, 사계.

따뜻한 풀과 꽃들이 존재하며 이제 방금 살얼음을 녹이고 졸졸 흐르기 시작한 시냇물을 머금은 봄의 향기.

마음을 들뜨게 하는 특유의 비릿한 향과 함께 하늘의 빛을 받아 아름답게 오색빛으로 반짝이는 바다가 풍겨 주는 여름의 향기.

길을 걷다 발끝에서부터 느껴지는 바스락거림과 그 사이사이로 뭉근히 풍겨오는 붉은 낙엽이 전해 준 가을 향기.

문을 열자마자 눈앞에 펼쳐져 있던 새하얀 동네가 보여 준 맑고 투명

---

42) 나태주, 2015, 「꽃을 보듯 너를 본다」, 지혜

한 얼음 결정들이 내게 내밀어 준 겨울의 향기.

　그들은 내 코를 살며시 어루만지며 스쳐 지나갔다.

　모든 향기들이 내 곁을 차례차례 떠나감에도 내 옆을 굳건히 지켜 주던 나의 짝꿍. 그와 나는 아주 조그맣게, 자세히 훑어보아야만 간신히 보일 정도로 남의 눈에 띄지 않을 만큼 작아져 그 가시 울타리 가에서. 큰 꽃봉오리와 설렘을 끌어안고. 서로의 콩닥거리는 손을 꼭 붙잡고 말없이 눈동자 안으로 상대를 품으며 별들과 함께 있는 장면. 그런 판타지 소설의 한 장면과 같은 것이 내 머릿속에 떠올랐다.

적당히 비 오는 날 이 시 어때?

"
가벼운 디스크 한 장 속에 눌린 그녀의 목소리엔
소름 끼치도록 아름다운 魔力이 아직 살아 있어,
"

- 신지혜, 「죽은 女歌手의 노래」[43] 중에서

한 번 시작되면 멈출 수 없다.

그렇다고 다시 시작될 수도 없다.

인생이란 그렇다.

다시 실수를 돌이킬 수도, 욕망을 잠재울 수도, 그렇다고 과거의 한 파트를 지우개로 지워 낼 수도 없는 것이다. 환희가 넘쳐흐르는 밝고 활기찬 부분이 있기야 하겠다만 곡의 전체가 희망차다고 말할 수는 없는 부분이다.

강한 하이라이트는 사람들에게 깊은 인상을 준다. 하지만 그 부분이 곡의 분위기와 맞지 않는다면 좋은 하이라이트라 해도 그 마디를 들어낸다. 남들이 보기에는 어여쁘게 포장되고 멋진 성공의 한 부분이지만 삶

---

43) 신지혜, 2007, 「밑줄」, 천년의 시작

을 살아온 본인이 보았을 때도 다른 사람들과 같은 생각이 들까 하는 의문점이 든다. 자신이 마음에 든다면 당당히 밝히고 자랑하고 뽐내는 게 가능하겠지만 그렇지 않으면 자꾸만 숨기려 들고 그 부분에 대해서 부끄러워할 것이다.

확고하지 못하게 주변만을 뱅뱅 돌며 애매하게 감상평을 써 내는 것도 아직은 내가 써 내는 곡들을 다 들어보지 못해 삶을 어떻게 보아야 하는지를 몰라서일지도 모르겠다.

그저 내 마음 한편 레코드판에서 흘러나오는 서글픈 노랫소리를 귓가에 머금으며 조금이라도 밝은 음률이 나오길 바랄 뿐이다.

심장의 기억

앞으로 내 앞길에 무엇이 펼쳐질지는 나도, 전지전능하신 하늘의 신마저도 알지 못한다.

하지만 앞으로 무엇을 해야 할지는 확실히 안다. 내가 진정으로 하고 싶은 것, 마음에서 울어나오는 것들을 말이다.

내 생명의 연장선이 더 이상 이어지지 않을 때까지 그것들을 찾아다닐 것이다. 분명, 한 발자국도 움직일 수 없을 만큼 힘에 부치고 우울한 날들이 끊임없이 내게 다가오겠지만 내 노력들의 결실이 그 뒤에 빼꼼히 고개 내밀고 나를 기다리고 있는 한 나는 이 길을 멈추지 않을 것이다.

나의 별이 곧 내 눈앞에 아른거린다.

후기

　고등학교 2학년을 올라가고 며칠 지나지 않아 국어 수행평가 내용을 확인해 보니 자서전 책쓰기가 포함되어 있었습니다. 인생에서 꼭 한번쯤은 써 보고 싶었는데 그게 지금이라니. 초반에는 갈피를 잘 못 잡아 잠깐 주춤하고 있었을 때가 있었는데 지금은 언제 그런 적이 있었냐는 듯 막힘없이 술술 풀어 나가고 있더군요.

　이 글을 쓰며 '자서전이란 무엇일까'라는 의문이 한번 들었던 적이 있습니다. 저는 그에 대해 '일생의 사소한 일부분을 떼어 내 그대로 담아 내는 것'이란 생각이 들었습니다. 그러한 생각 덕분인지 처음 글쓰기의 고민들은 서서히 옅어지고 이렇게 글을 쓰고 있는 것에 재미를 느끼게 되었네요.

　글을 좀 더 이어 나가고는 싶지만 이쯤에서 마무리지어야 해서 많이 아쉽습니다. 다음에도 이러한 기회가 찾아온다면 좀 더 많은 내용을 독자분들에게 전해드리고 싶은 제 마음을 한껏 풀어 봐야겠습니다.

　이제껏 제 글을 읽어 주신 독자분들께 감사함을 전하며 후기를 마칩니다. 끝까지 읽어 주셔서 감사합니다.

　- 모든 삽화는 본인이 그렸음을 밝힙니다.

18살의 짧디짧고 어리숙한
이야기를 들어줄 사람은 있을까?

WRITING / PHOTO 최 유 리

최 유 리

낮을 많이 가리지만 친해지면 활발하고
장난꾸러기 같은 모습을 볼 수 있다.
면보다는 밥을 좋아하고 편식이 좀 심한 편이다.
결정을 잘 못해서 항상 주위 사람들에게 물어본다.
홀로 너무 많은 생각을 하고 걱정도 많은 편이라
스스로가 힘들 때가 많다.
아무런 생각 없이 누워 있어 보고 싶다.
작은 소원이다.

다리가 부러져 버렸다

때는 중3 여름 방학,

중3 여름 방학이 시작되고 이틀 후에 친구들이랑 인라인을 타러 갔다. 한 10분 정도 타면서 돌아다니다가 앞에 친구랑 부딪혀서 넘어졌다. 그런데 넘어지고 나서 왼쪽 다리가 너무 아파서 인라인을 벗으니깐 다리가 더욱 아파졌고 다리에 불이라도 난 듯 아픈 부위가 점점 뜨거워졌다. 일어나려 몸을 일으키려고 하니 아파서 혼자서 못 일어나고 바닥에 엎드려 버렸다. 친구가 와서 내가 일어설 수 있게 도와주는데 조금만 움직였음에도 불구하고 너무나도 아팠다. 힘겹게 일어서니 다리가 달랑달랑하는 느낌도 나고 진짜 심각하게 아팠다.

주인아주머니께서 놀라서 사무실로 들어오라 하셔서 걷지를 못하는 나를 친구들이 부축해 줘서 고통을 꾹 참고 친구들에게 최대한 의지하여 사무실에 들어가 소파에 앉았다. 왼쪽 다리를 보니 무슨 코끼리 다리마냥 부어 있었다. 사무실 안에 아줌마, 아저씨께서 나를 위로해 주시고 싶으셨는지 인대 다치는 것보다 차라리 다리 부러진 게 낫다고 하셨다.

나는 이때까지 나중에 일어날 일은 상상도 못하고 있었다.

조금 안정이 되고 난 후 아저씨께서 집에 데려다주셨다. 차에서 내리고 친구들이 부축해 주면서 갔는데, 다리가 달랑달랑하는데 너무 아팠다. 내 모습을 보신 경비아저씨께서 나를 업어서 현관문 앞까지 데려다주셨다. 경비아저씨께 너무 죄송하고 감사했다.

그다음 날 병원에 가서 검사를 하고 의사 선생님과 상담을 하는데, 나에게 X-RAY 사진을 보여 주시면서 담담하게 "다리가 부러졌네요. 저희 병원은 수술을 안 하니 다른 병원에 가세요." 하고 병원을 추천해 주셔서 그 병원으로 가서 또 검사를 했더니 다리가 사선으로 길게 부러지고 인대 3개가 다치고 하나는 인대가 파열되었다고 하셨다. 그래서 병원에 바로 입원을 해 일주일 동안 다리 붓기를 빼고 여러 가지 검사도 하면서 수술 날을 기다리고 있었다.

일주일이 지나고 수술 날이 다가왔다. 내 인생 처음으로 수술을 하는 거라 많이 무서웠다. 수술할 시간이 다가와서 수술실로 올라가는 침대로 옮겨 갔고 수술실에 도착해 수술실 침대 위에 누웠다. 수술실은 너무나도 추웠고 난생 처음 보는 기계들이 넘쳐났다. 나는 그때 요리되기 전에 도마 위에 있는 한 마리의 생선이 된 기분이었다. 나의 손가락에 드라마에서만 보던 집게 같은 것을 했다. 그리고 내 팔에 있는 바늘을 통해 마취약을 넣고 내 입에 산소마스크같이 생긴 것을 씌우더니 깊게 심호흡을 3번 하라고 하셨다. 심호흡을 한 번 했더니 무슨 약 냄새가 나는 기체가 들어왔다. 그리고 두 번을 하고 '으……. 약 맛이 이상ㅎ…….' 생각조차 끝까지 못하고 잠들어 버렸다.

그렇게 우여곡절 수술은 무사히 마쳤고 이후에 매일 매일 소독도 받고 매일 주사도 엉덩이에 맞으며 치료를 열심히 받았다. 그렇게 여름 방학 전부를 병원에서 보내고 퇴원을 하고 개학을 했는데 다리에 깁스를 하고 목발을 짚으면서 학교생활을 하는 게 정말 정말 힘들었다. 그렇게 시간이 지나 어느 정도 회복을 했지만, 다리가 예전 같지는 않다.

장점이 있다면, 날씨를 예상할 수 있다.

나의 새로운 가족

내 나이 18살, 나는 새로운 가족이 생겼다. 그것도 아주 많이. 나의 새로운 가족은 매우 짧은 시간에 나의 많은 부분을 차지했다. 그래서 새로운 가족이 누구냐면~ 바로바로~

나의 7반 친구들이다! 우리 예훈이, 정현이, 은진이, 서진이, 예림이, 자연이, 수정이! (번호순대로당^!^)

짧다면 짧고 길다면 긴 1년을 함께 지내면서 참으로도 많은 추억을 너희와 함께 쌓은 것 같아. 나한텐 이번 2학년이 너무나도 빨리 간 것만 같아서 너무 아쉽고 슬퍼.

내 사진첩에는 너네랑 찍은 사진만 도대체 몇 장인지 모르겠어. 볼 때마다 그때로 돌아가고 싶다는 생각밖에 안 들어. 우리가 같이 벚꽃 사진도 찍고, 운동회에서 서로 목 터져라 응원하고, 수학여행 가서 하루종일 붙어서 사진 찍고 진짜 예쁜 바다에 들어가기도 하고 노래방 가서 미친듯이 놀고 같이 무대도 나가서 한 번 뒤집어 주고, 다 같이 우리 집에 와서 라면도 끓여 먹고, 축제 끝나고 고기도 먹고, 내가 다쳤다고 한걸음에 병문안도 와 주고……. 나의 기억 속 우리가 참 많다. 난 너네랑 쌓았던 추억을 평생 잊지 못할 거야. 앞으로 우리 계속 함께할 거지?

진짜 나의 모습을 좋아해 주고, 나 자신도 스스럼없이 내 모습을 보여 줄 수 있었던, 우울했던 내 삶의 빛줄기와 같은 나의 소중한 가족. 평생 잊지 못할 거야. 앞으로도 미우나 고우나 서로에게 힘이 되는 그런 존재가 되자. 고마워.

아픈 손가락

외할머니는 몇 년 전부터 치매를 앓고 계시다.

할머니는 방금 있었던 일도 돌아서면 까먹고, 했던 말을 반복하고, 누군가를 도둑으로 몰아가며 의심도 하고, 주변 사람들을 잊어가고 있으시다. 저번에는 할머니가 이모 집에 갔다가 갑자기 사라지셨다는 소식을 듣고 경찰에 신고하여 온 동네를 쑤시고 다녔다. 길거리에 보이는 치매 환자를 찾는 현수막을 우리가 달아야 한다는 생각도 했다. 이후 할머니가 혹시나 있을 만한 곳은 다 돌아다녀서 시장에 계신 할머니를 겨우 찾은 사건도 있었다.

할머니는 얼마 전 우리 아빠를 할머니 기억에서 지우셨다. 아빠를 보면 낯설어하고 말하기를 꺼리셨다. 그리고 할머니는 나도 점점 지우고 계셨다. 옛날에는 나를 일부러라도 기억하기 위해 평소엔 부르지 않던 내 이름을 계속 부르시며 기억하려 하셨는데, 이제는 내 이름이 기억이 나지 않으시는 것 같았다. 그래도 나를 어색해하시거나 그러지는 않으셨는데 최근에 갔을 때는 조금 낯설어하시는 모습을 보이셨다. 그래도 나는 이러한 사실을 받아들이기 위해 올라오는 울컥함을 억지로 억눌렀다.

그리고 추석 때 외갓집에 가서 인사를 드리고 집에 가려고 했는데 그때 사건이 하나 생겼다. 집에 가기 위해 인사를 드리고 차에 타서 차 문을 닫았는데 할머니가 갑자기 너무나도 아파하시는 모습을 보고 급하게 문을 열고 할머니를 보니, 할머니 손가락에 피가 많이 나고 있었다. 알고 보니 할머니 손가락이 차 문 사이에 끼었고, 이러한 과정에서 살이 집혔던 것이다.

나는 그것을 알고 내가 조금만 주위를 살피고 조심했더라면 할머니가 다칠 일이 없었을 텐데…… 하는 생각이 내 머릿속을 지배했다. 나에 대한 분노가 너무나도 치밀어 올랐고 죄책감이 온 세상을 뒤덮는 느낌이 들었다. 할머니의 손가락 상태를 보고 너무나도 심각해 보여서 병원을 무조건 가야 한다고 계속 이야기했는데, 할머니는 괜찮다며 웃으셨다. 하지만 할머니의 떨리는 손가락을 보니 더더욱 마음이 불편해지고 무서워졌다. 얼른 가라며 재촉하는 할머니를 겨우겨우 뒤로한 채 집으로 갔다.

집으로 가는 길에 계속해서 내 잘못이라는 생각이 들었고, 할머니를 다치게 한 나 자신에게 화가 나서 눈물이 계속해서 차올랐다. 눈물을 흘리기 싫어 괜히 창밖을 쳐다보며 눈물을 삼켰다. 하지만 다친 할머니가 계속해서 내 머릿속에서 아른거렸다. 불편한 마음에 어떠한 일도 손에 잡히지 않았다. 결국 할머니를 우리 집에 모셔와서 다음 날 병원에 모시고 가서야 마음이 편해졌다. 끝까지 나에게 괜찮다며 나를 다독여 주는 할머니를 보내고 나서 남몰래 뒤에서 혼자 눈물을 훔쳤다.

이 또한 할머니는 금방 잊을 기억이지만, 나는 아마 이 기억을 오랫동안 안고 가며 나를 괴롭힐 듯하다.

나의 아픈 손가락, 할머니.

나의 뒷면

　나는 어릴 때부터 애정결핍과 극심한 외모 콤플렉스로 정신적으로 많이 힘들었다. 나는 가족으로부터 항상 관심과 애정을 필요로 했다. 하지만 채워도 채워지지 않는 바닥에 구멍이 난 독을 채우는 것만 같았다.

　그리고 난 주위에서 외모 지적을 받았고, 난생 처음 보는 사람한테서도 못생겼다는 소리를 들었다. 그래서 난 내 얼굴이 너무나도 싫었다. 이로 인해 난 대인기피증이 생겼다. 난 길을 돌아다닐 때 낯선 사람과 눈이 마주치는 것을 극도로 꺼렸다. 왜냐하면, 그 사람이 나를 쳐다보면 나의 외모를 보고 불쾌해하는 것만 같았고 남들을 스쳐 지나갈 때 숙덕거리는 소리가 들리면 마치 내 외모를 보고 비하하고 비웃는 것만 같았다. 아니 그렇다고 내가 단정 짓고 혼자서 두려움에 떨었다.

　그래서 난 항상 길을 걸을 때 바닥만 보고 걸었다. 누가 날 쳐다볼까봐. 그리고 사진 찍는 것도 너무 싫었다. 사진 속 내가 너무나도 못 생겨서 보기도 싫었다. 난 이러한 내가 너무나도 나약하다고 느껴졌다. 그래서 친구들한테 난 항상 센 척을 했다. 나의 나약한 면을 들키기 싫어서. 그러나 나의 나약한 면엔 하루하루 상처나 늘어나고 있었다.

　이러한 상처들이 깊어지다 못해 곪아 썩어 버렸던 것인지 난 우울증이 생겼다. 처음엔 난 내가 우울증이 걸렸다는 사실을 외면했다. 그런데 나의 변화 하나, 하나가 답이 정해져 있음을 직면하게 했다.

애정결핍이 부모에 대한 원망으로 변해 항상 엄마, 아빠를 향한 원망이 깃들어 있는 기억을 계속해서 떠올리며 슬퍼했다. 그리고 어떠한 것에 집중하기가 힘들어졌고 무기력했고 계속해서 우울한 생각을 했고, 아무 이유 없이 울기도 했다. 난 변한 내가 너무나도 무서웠다. 하지만 나는 무서움에도 불구하고 치료하고자 하는 의지조차 생기지 않았다. 밖에서는 평소와 비슷한 모습을 보이기 위해 밝은 척을 했고 집에 오면 하염없이 우울했고, 계속해서 울었고 나쁜 생각도 했다.

그렇게 정신적으로 너무나도 힘들었던 고1이 지나가고 고2가 된 지금 시점에는 많이 호전되었다. 성격도 많이 밝아졌고 증상도 많이 괜찮아졌다. 아마 우리 반 친구들의 밝은 분위기가 나를 도와주지 않았나 생각한다. 덕분에 나 또한 많이 밝아졌다. 자존감도 많이 올라가고 자신감도 생겼다. 그래서인지 외모 콤플렉스는 자연스레 줄어들었고 안 찍던 사진도 많이 찍었다. 그렇지만 아직까지 남을 의식 안 한다면 거짓말이다. 그리고 불쑥불쑥 찾아오는 우울감에 조금은 힘들 때도 있다. 하지만 친구들 덕분에 재미있는 날들을 보내고 있다.

- 내가 이러한 아픔이 있었다는 것을 그 누구에게도 말하지 않았는데,
여기에 처음으로 나의 아픔을 적어 본다.

나의 가족에게

　나에게 가족은 항상 아픈 손가락이야. 내가 어릴 때부터 맞벌이로 나의 옆보다는 항상 일터에 나가 있던 엄마, 아빠. 사진으로만 본 내가 아주 어릴 때 가족끼리의 추억. 너무 오래전이라 그런지 저 추억은 내 기억 속엔 존재하지 않아. 내 기억 속 가족끼리의 추억이 생각보다 별로 없네. 내 기억 속에는 너무 아파하던 나에게 엄살 부리지 말라며 바쁘다고 차갑게 뒤돌아 일하러 나가는 뒷모습만, 집에서 홀로 있는 나, 그런 상황이 싫어 밖으로 나가 노는 나, 나의 말을 무시하는 엄마 아빠의 모습, 나에게 못생겼다고 타박하는 엄마 아빠의 모습, 나를 무섭게 혼내고 때리고 욕하는 엄마, 집보단 밖을 더 좋아하는 아빠, 왜 이런 모습밖에 없을까. 분명 나한테 잘해 준 게 더 많을 텐데 왜 난 이런 것밖에 기억을 못할까.

　그래서 그런지 뭔가 가족끼리의 넘치는 사랑을 난 정확히 잘 모르겠어. 남들은 가족끼리 서로 사랑한다는 말도 서슴지 않고 하는데 우리는 왜 이렇게 어려울까. 왜 엄마 아빠한테는 미안하다는 한마디가 이렇게 어려울까. 왜 이렇게 예쁘게 말하고 행동하는 게 힘들까. 어릴 때는 엄마 아빠한테 애정표현을 잘했는데 어째서 이제는 그게 힘들까. 어릴 때는 나를 사랑한다는 말을 듣고 싶고 스킨십을 받고 싶은 마음밖에 없었는데, 이제는 뭐랄까 아무 생각조차 들지 않아.

나한테 한 건 아니지만 사랑한다고 하는 소리가 엄마 아빠 입에서 나올 때 그걸 들으면 기분이 좀 많이 이상해. 단지 내가 사춘기를 겪어서 그런 걸까. 나이를 1살씩 먹으면 먹을수록 더 무뚝뚝하고 까칠한 딸이 되어 가는 거 같아 미안해. 다 나 잘되라고 하는 말과 행동인 걸 알면서도, 우리를 먹여 살리기 위해 바쁘게 일하고 그로 인해 나를 신경을 잘 못 쓸 수밖에 없는 걸 머리로는 아는데, 잘하고 싶은 마음은 굴뚝 같은데, 어째서 몸은 따라 주지 않을까.

이런 나라서 정말 미안해. 앞으로 내가 잘할게라는 말조차 망설이는 나라서 미안해. 내가 아직 어려서 그런 거라고 생각해 줘. 빨리 커서 좋은 딸이 되도록 할게. 내가 열심히 돈 많이 벌어서 효도할게. 우리 좋은 곳으로 여행도 가고 맛있는 것도 많이 먹자. 꼭 그러자. 부디 건강히만 있어 줘.

그리고 나에게 무조건적인 사랑이 무엇인지 알게 해 준 나의 세상에서 제일 소중하고 사랑하는 납닥아, 너로 인해 내가 바라보는 세상이 긍정적이게 되었어. 고마워 납닥아.
납닥아 사랑해. 내 옆에서 오랫동안 건강하게 있어 줘.

내 인생의 영원한 친구, 오빠. 오빠라 부르는 게 참으로 어색하다. 내가 너한테 툴툴거리고 화내고 해도 넌 나에게 참으로 소중한 사람이야. 항상 내 편이 되어 줄 너란 걸 난 알아. 그리고 나도 항상 네 편이야. 많이 애정한다, 정환아.

공감이 필요할 때 이 시 어때?

> "
> 네가 보이지 않아
> 불안해졌다
> "
>
> - 나태주, 「꿈」[44) 중에서

　시에서 "네가 보이지 않아"라는 구절에서 '네'가 꿈인 것 같다. 자신의 꿈을 찾지 못해 힘들어하는 사람들이 많다. 나 또한 '꿈'이라는 것 때문에 머리가 아프다. 고등학교를 들어오기 전에는 좋게만 생각했던 나의 미래가 고등학교에 들어오고 나서부터 무너져 내렸다. 고등학생의 입장에서 사회가 지칭하는 '꿈'은 성적순이다. 나는 그것을 온몸으로 느끼는 중이다. 얼마나 비참한지. 하지만 받아들일 수밖에 없는 것이 현실이다.

　주위에서는 성적이 좋지 않아 좋은 대학을 못 가면 세상이 다 무너질 것처럼 이야기를 한다. 그 어느 누구도 우리에게 선뜻 나서서 "공부가 다가 아니야!"라고 말해 주지 않았다. 학교에서도, 주위에서도 끊임없이 미래에 대한 구체적인 계획을 묻고 따진다. 확신이 없는 꿈을 안고 위태로운 길을 걷고 있다. 그렇게 우리는 '엉엉 소리내어 울었다.'

---

44) 나태주, 2017, 『가장 예쁜 생각을 너에게 주고 싶다』, 알에이치코리아

겸손함을 배우고 싶을 때 이 시 어때?

> "
> 내 시집이 국밥 한 그릇만큼
> 사람들 가슴을 따뜻하게 덥혀줄 수 있을까
> 생각하면 아직 멀기만 하네
> "
>
> - 함민복, 「긍정적인 밥」[45] 중에서

시인은 정말 가난한 예술가 중 한 명인 것 같다. 밤을 새우며 쓴 노력에 비하면 돌아오는 돈은 매우 박한 돈인 것 같다. 그러나 이 가난한 시인은 적은 돈에 불만을 가지는 듯하나 결국 스스로 자문해 보고 성찰적인 태도와 겸손한 태도를 보이며 만족하고 감사해한다.

내가 만약 저 시인이었다면, 적은 돈에 툴툴대며 시인이라는 직업을 접었을 것 같다. 그러나 이 시인은 달랐다. '국밥 한 그릇'처럼 자신의 시가 가난한 사람들의 주린 배를 채워 주고 시린 가슴을 따뜻하게 해 줄 수 있는지를 생각한다. 적은 돈에도 겸손한 마음을 가지고 자신의 시가 그럴만한 가치가 있는지를 생각해 보는 시인의 태도가 매우 인상깊었다.

45) 함민복, 2004, 『긍정적인 밥』, 화남출판사

엄마가 미워질 때 이 시 어때?

> "
> 늙으면 악기가 되지
> 어머니는 타악기가 되어
> 움직일 때마다 캐스터네츠 소리를 내지
> "
>
> - 박현수, 「어머니의 악기」[46] 중에서

시에서의 "캐스터네츠 소리"란 관절에서 나는 소리인 것 같다. 나이가 들면 들수록 뼈 소리 또한 늘어난다. 우리 엄마는 허리, 아빠는 무릎이 날이 가면 갈수록 더 안 좋아지고 있다. 그런 엄마, 아빠를 보면 참 마음이 아프다. 밤낮없이 아픈 몸을 이끌고 일을 하고 집에 오면 집안일을 하는 엄마를 볼 때는 더욱 마음이 아프다.

"자식들이 신나게 두드렸지"의 구절에서 나와 오빠가 엄마를 힘들게 했다는 생각이 들어서 정말 미안했다. 나와 오빠를 키우면서 엄마 스스로도 자신의 몸에서 나는 소리가 시간이 지나면 지날수록 늘어나는 빈도와 점점 커지는 소리를 느꼈을 것이다.

나이가 들수록 낡아가는 부모님의 캐스터네츠. "이제 스스로 연주하는 악기가 되어" 더 아파질 엄마의 허리와 아빠의 무릎을 생각하니, 하루빨리 내가 돈을 벌어서 엄마 아빠가 일을 안 할 수 있도록 했으면 좋겠다.

46) 박현수, 2015, 『겨울 강가에서 예언서를 태우다』, 울력

THE END

　내가 자서전을 쓰게 되리라곤 생각도 못했다. 이 자서전을 쓰면서 나의 과거를 돌아보고 웃기도 하고 슬프기도 했다. 다신 겪을 수 없는 일들을 글로 쓰며 되돌아보며 당시의 느꼈던 감정을 되짚어도 보고, 후회도 하고, 칭찬도 하며 과거를 경험했다.

　나의 진솔한 이야기를 담으면 담을수록 나 자신에 대해 더 자세히 생각해 볼 수 있었다. 어쩌면 나도 몰랐던 나의 감정을 내다볼 수 있었던 시간을 가졌다.

　내가 시를 보면서 위로받고 느낀 것이 있었던 것처럼 나의 글도 누군가에게 위로가 되어 누군가의 가슴속의 작의 불씨가 되었으면 한다.

　누구나 내가 누군지, 어떤 경험을 했는지, 무슨 생각을 하는지, 앞으로 무엇을 하고 싶은지 등 자신의 이야기를 진솔하게 담을 수 있는 자신만의 자서전을 하나씩 가지고 있으면 어떨까?

　1학기 매주 1시간씩, 나의 이야기를 진솔하게 담은 글로 상도 받아 보고, 이후 우수작 모음집 『열여덟에게 시를 건네다』에도 나의 글을 실어 보고, 또 그 책이 대구시교육청 출판 지원작으로 선정되어 이렇게 또 글을 쓰고 있다. 이렇게 내가 오랫동안 글을 쓰게 될지는 전혀 몰랐다. 지금 아니면 언제 이러한 일을 해 보겠냐는 생각으로 글쓰기를 즐기고 있다.